予言された悪役令嬢は小鳥と謳う
～未来を知る専属執事に「君を救う」と言われました～
Hana Yoshitaka
吉高花
illust. 氷堂れん

セディユ・
コンウィ
ギャレット・
ブレイス
アスタリスク・
コンウィ

Characters
アーサー・ランドルフ
フラット・アクセンブル
フィーネ・スラー

「もちろん殿下は
証拠をお持ちで
いらっしゃるのですよね？」

「……証拠などっ……！
ならばお前こそこの心優しい
フィーネの言うことが嘘だという証拠を出せ！」

「あなたを心から愛しています」

Contents

第一章　未来を語る男　10
第二章　シナリオの強制力　49
第三章　魔道具と新たな味方　76
第四章　断罪返しの先にあったもの　108
第五章　公爵令嬢として生きる　165
第六章　輝かしいそれぞれの道　205
第七章　全てはあなたのため　240

Hana Yoshitaka
& Ren Hidou
presents

予言された悪役令嬢は小鳥と謳う

～未来を知る専属執事に「君を救う」と言われました～

Hana Yoshitaka
& Ren Hidou presents

Hana Yoshitaka

吉高 花

illust.

氷堂れん

第一章

未来を語る男

Chapter 1

「アスタリスク・コンウィ、貴様との婚約は破棄《はき》する！」

王立学院の卒業パーティーで、アクセンブル王国の第二王子フラットは婚約者である公爵令嬢アスタリスク・コンウィに向かって、ビシッと指を指してそう叫んだ。

隣にはストロベリーブロンドの髪の男爵令嬢フィーネ・スラーがぴったりとくっついている。

卒業を祝うために学院中の生徒が集まっているこの場で、卒業生として登場した第二王子がエスコートしているのが婚約者ではなく別の女性だったことに、そもそも注目が集まっていた中での出来事だった。

アスタリスクはとても美しく、どこから見ても完璧《かんぺき》な淑女《しゅくじょ》だ。

だが最近はフィーネに数々の嫌がらせをし、婚約者であるフラットにもないがしろにされていたことは誰もが知っていることだった。

そこにこの事態である。

誰もが興《きょう》味《み》津々《しんしん》にアスタリスクを見ていた。

しかしアスタリスクは悠然《ゆうぜん》と答えた。

「承知しましたわ。わたくしには初耳ですけれど、そこまで堂々とおっしゃるということは国王陛下や王妃陛下のご許可をすでにいただいているということでございましょう。それならば我がコンウィ家としても、承諾《しょうだく》するしかございませんわね」

そして艶然《えんぜん》と微笑《ほほえ》む。

そんなアスタリスクの様子にフラットは怒りが湧いたようだ。

「なっ……！　なんて生意気なんだ！　よくもそんな風に笑っていられるな！　お前はこのフィーネに散々嫌がらせをしてきたくせに、今もそんなに堂々としていられるとは厚顔無恥《こうがんむち》も甚《はなは》だしい。私が何も知らないと思うなよ！　フィーネが全て話してくれたのだ！」

フラットが真っ赤になって叫んだ。

しかし。

「まあ……わたくしには全く身に覚えがありませんけれど、それはどういうことでしょう？　わたくし、フィーネさまになにもした覚えはありませんが」

アスタリスクは優雅《ゆうが》に「あら困ったわ」という顔をしてフラットを見返した。

すると、すがるようにフラットにくっついていたフィーネがすすり泣きながら言った。

「アスタリスクさま……そんな、酷《ひど》い！　アスタリスクさまがそう仰るなら私、勇気を出して言いますう……！　アスタリスクさまは……アスタリスクさまは二人きりになるといつも『身分をわきまえて大人しくしていろ』とか、『フラット殿下はわたくしの婚約者だからなれなれしく近寄らないで』とか、『目が汚れるからわたくしの視界に入らないで』とか、酷い言葉を……っ！　他に人がいないときばかり……っ！」

そう言って泣いているフィーネのことを取り巻きの貴族令息たちが慰《なぐさ》めるように声をかけている。

が。

「……？　おかしいですわね、わたくし、全く記憶にございませんわ」

アスタリスクは小首をかしげた。

そんな様子を見て、またフラットが叫んだ。

「なんと白々しい！　このように可憐《かれん》で心優しいフィーネを、他の者が見ていないときばかり狙ってネチネチと虐《いじ》めるなど卑怯者《ひきょうもの》のすることだ！　貴族の風上《かざかみ》にも置けぬ！　そのような者を私の妃になどできるわけがない！　私の妃は、もうこのフィーネと決めている。お前はフィーネに跪《ひざまず》いて今までの無礼を詫《わ》びろ！」

「ええっ？　そんな詫びろと言われましても……。そのような言いがかりのために、わたくしが頭を下げることはできませんわ」

「なんだと！　アスタリスク、お前はどこまで傲慢《ごうまん》なんだ！　謝れば許すと言っている私の最後の慈悲《じひ》さえも一蹴《いっしゅう》するとは……！」

「ああフラットさま……私のためにそのような、ありがとうございますう……っ！　でも……しかたありません、アスタリスクさまにもきっとプライドがおありなんです。なんたって公爵令嬢なんですから……。でも私、せめて昨日のことは謝ってほしかった……まさか私を殺そうとしたわけではないと思いたいですけど……それでも……！」

フィーネはじっとりとアスタリスクのことを睨んだ。

「なんだ？　フィーネ、昨日は何があったのだ？」

「実は……実は昨日、学院の大階段の上でアスタリスクさまとばったりとお会いして、そのときに……あっ、いえきっとたまたまだとは思うんですけどお、でも実は私……階段から落ちてしまったんですう……後ろから突き飛ばされて……！　さすがに大事になると思って私、フラットさまには言えなくて……。でもでも、今のアスタリスクさまのご自分は全く悪いとは思っていないご様子が私、とっても……とってもショックでえ……っ」

フィーネが左手の手袋をそっとめくると、そこには痛々しい様子で包帯が巻かれていた。

「ああっ！　フィーネ……！　なんということだ！　怪我をしたとは！　学院の大階段といえば相当な高さがあるじゃないか！　打ち所が悪かったら最悪死んでしまっていたかもしれない！」

「はい……でも、大丈夫ですう……手首をひねっただけで、あとは打ち身だけでしたから……」

よよと泣くフィーネを、ああ私のフィーネ可哀相に、と言ってフラットがひしと抱きしめる。アスタリスクはその光景をただ冷めた目で眺めていた。

フラットがくるりとアスタリスクのほうを向いた。

「この、人殺しめ！　お前のような奴がこの国の貴族としてのうのうと生きることは私が許さないぞ！　自分の行いを反省し、即刻この国から出て行け!!」

「まあ、それはできかねますわ。婚約破棄までは個人の事情とも言えますからある程度は仕方ないとしても、まさか正式な裁判《さいばん》も王命もなしに、ただ一人の人の言葉を鵜呑《うの》みにして証拠《しょうこ》もないのに貴族を断罪、その上国外追放《こくがいついほう》とは、さすがに王子殿下といえども権限を越えていらっしゃいます。到底《とうてい》従うことはできません」

「なんだと！　口答えするな！　生意気な！　これは王の息子である私の正式な命令だ！　逆らうことは許さん！　お前がそのような態度ならば、お前の父コンウィ公爵にも責任を問うことになるぞ！」

　フラットは怒りのあまり今にも卒倒《そっとう》してしまいそうな様子である。

　だがアスタリスクのほうは完全に冷静だった。

「では証拠を。いくら王子殿下といえども、まさか証拠も無しに感情だけで人を裁くなど本意ではありますまい。わたくしがフィーネさまを突き飛ばしたという証拠があれば従いましょう」

「フィーネがそう証言している。この怪我が証拠だろう」

「被害者の証言だけでは証拠になりません。それとも、もしもわたくしがフィーネさまからその前の日に、同じように階段から突き落とされたと言って包帯を巻いていたら殿下は信じてくださるのですか？」

「信じるわけがなかろう！　悪質な言いがかりだ！　フィーネがそのようなことをするはずがない！」

「でも同じ言葉、同じ内容ですよ。わたくしの言葉を信じないのでしたら、フィーネさまの言葉も同じように信じてはなりません。さあ、証拠を」

「ちっ生意気な……誰か、見た者はいないか？　昨日、大階段で二人がいるところを。またはフィーネがこの女に突き飛ばされたその場面を！」

フラットは辺りを見回した。

だが、誰も手を上げる者はいない。

「……私とアスタリスクさまの、二人きりでしたから……」

フィーネが悲しげに言う。

「巧妙に証拠が残らないよう仕掛けるなど、なんて性悪《しょうわる》なんだ……！」

「ですが証拠はないようですわね」

「アスタリスクさま酷い……。あっ！　でも……でもっ！　一昨日は教室で私のことを……！　私のことをフラットさまから離れないからといきなり平手打ちに……っ！」

そう言ってフィーネが思い出したように片頬を押さえて俯《うつむ》いた。細かく震える肩が、いかにも弱々しい風情《ふぜい》を醸《かも》し出している。

「なんと！　フィーネ、そんな事もあったのならちゃんと私に言わないと！　そうしたら私があの性悪な女に罰を与えてやったのに！　いや、今からでも遅くはない。アスタリスク、やはりお前は性悪の罪人だ！　未来の私の妃に暴力など許せん！　やはりお前は国外へ追放だ！　即刻去らねば死罪にするぞ！」

「ですからその証拠を、と申しておりますのよ。もしそれで証拠が出てきても、わたくしには身に覚えがないので驚きますけれど」

アスタリスクは、まるで退屈だと言わんばかりだ。

すぐ近くに控えるように立っている男とやれやれ困ったわね、という顔で頷き合っている。

それを見てますます激昂《げっこう》するフラット。

その陰で、こっそりと憎々しい目をアスタリスクに向けるフィーネ。

どうやらこの流れはギャレット——アスタリスクの側に控えている男——が予言したうちの中の、国外追放ルートのようだとアスタリスクは考えていた。一応アスタリスクが聞いたギャレットの知る未来の中では一番穏便なルートではある。

——でも、このままでは命は助かっても国外追放。ああ、なんて理不尽なの。

「もちろん殿下は証拠をお持ちでいらっしゃるのですよね？　その、わたくしがしたという数々の悪行の」

「……証拠などっ……！　ならばお前こそこの心優しいフィーネの言うことが嘘だという証拠を出せ！　フィーネが私に嘘をつくはずがないのだから、どうせ証拠は出せないだろうがな！」

そう言って自分を睨むフラットを困った目で見たアスタリスクは、はあ、とため息をついた。

——恋は盲目《もうもく》と言うけれど、さすがに国を治める王家の者、しかも世継ぎと期待されている王子がそれでいいのかしら。本当に情けない。

アスタリスクは思っていた。この一年、フラット殿下は一体なにを見ていたのだろうか。きっとフィーネの顔以外はなにも見ていなかったに違いない。その間、ご自分の婚約者がどれだけ傷ついて悲しい思いをしたのかなんていうことは一瞬たりとも考えなかったのだろう。

——なら、やっぱりもういいわ。

アスタリスクは、今も静かに側に立っているギャレットのほうをちらりと見た。

するとギャレットが、かすかにアスタリスクを見て頷く。

お任せください、そう言うように。


だからアスタリスクは胸を張って、笑顔で宣言した。

「わかりましたわ。それでは証拠をお出ししましょう」

アスタリスクがそう言うと、それを合図にギャレットがすっと前に出て、会場の隅々まで聞こえるような大きな声で言った。

「それではみなさま、あちらをご覧ください——」

アスタリスクは今日この場でこの展開になることを、知っていた。

アスタリスクが自分は「悪役令嬢」だと知ったのは、もう一年も前のことだ。

なぜならアスタリスクの前に突然、この男が現れたから。

ギャレット・ブレイス、この国最大のブレイス商会の息子。

平民という立場だが金を積んで、学費が高くほとんどの生徒が貴族の子弟であるこの学院に入学したアスタリスクの同級生。

身分が低いせいで、他の貴族たちから常に軽んじられてきた男。

しかしその彼は約一年前、突然アスタリスクの前に現れて言ったのだ。

「あなたはご自分が悪役令嬢なのを知っていますか？　あなたは今から一年後、フラット殿下に一方的に婚約を破棄された上に、良くても国外追放、最悪の場合は反逆罪《はんぎゃくざい》で死罪になる」

「……わたくしを脅《おど》すとは良い度胸《どきょう》じゃありませんこと？」

もちろん最初は信じなかった。

だから、このときはどうせなにか衝撃的なことを言って自分を印象づけ、アスタリスクに取り入ろうとしているのだと思った。

なにしろ平民が貴族に取り入ろうとすること自体は、この学院ではよく見る光景だから。

それは立場も弱く、貴族の生徒たちから虐《しいた》げられがちな庶民ができるだけ平穏に学院生活を送ろうと思ったときの常套手段《じょうとうしゅだん》なのだ。

普通そういうときはおべっかを言ったり賄賂《わいろ》を送ったりして狙った貴族の生徒のご機嫌《きげん》をとるものだが、この男は傲慢《ごうまん》にも、公爵令嬢であり国の宰相の娘でもあり、そして第二王子の婚約者でもある学院の中でも目立って高貴な自分を挑発《ちょうはつ》して気を引こうとしている。

なんて大胆で愚《おろ》かな男なの。ちょっと容姿がいいからって、女性の誰もがいい顔をすると思ったら大間違いよ。

アスタリスクはそう思って、一応礼儀上一言だけ返すとそのままくるりときびすを返して学院の校舎に帰ろうとした。

全く、今日はお気に入りとはいえ、この森に散歩に来なければよかった。

この王立学院の敷地《しきち》は広大で、壮麗《そうれい》な校舎や生徒たちのための寮が立ち並んでいるその周りにはほどよい森が広がっている。

それは高貴な生徒たちに心地よい自然を提供すると同時に、この学院をぐるりと囲う高い塀を隠してもいた。

なにしろ貴族の子弟が山ほど集められて集団生活をしている場所である。よからぬ目的のために賊《ぞく》が侵入することは許されない。

アスタリスクは校舎の裏にあるその森の、細い道しかないような奥に行くのが好きだった。

ここはいい。宰相の娘、公爵令嬢、そして第二王子の婚約者、そんな肩書きから解放されるひとときを、森はただ静かに見守ってくれる。

取り巻きの貴族令嬢たちは、靴や制服が汚れそうという理由でこの森にだけはついてはこなかった。

だからアスタリスクにとってここは唯一、一人になって素の自分になれる場所だったのだ。

実際にはちゃんと職員が手入れをしているからそれほど靴が汚れるということもないのだけれど、そんなことをわざわざ教えて一人になれる場所を手放す気はなかった。けれど。

どうやらこの平民の男には全く問題ではなかったらしい。

一人になれる唯一の場所を失ったと悲しい気持ちで歩き始めたアスタリスクの後ろから、その平民の男は図々《ずうずう》しくもさらに話しかけてきた。

「もうすぐこの学院に、フィーネという女生徒が編入してきます。スラー男爵の養女《ようじょ》です。そしてあなたの婚約者であり第二王子のフラット殿下と出会うのです。それはちょうと桜が散る季節で、転んだフィーネをフラット殿下が助け起こす。場所は――」

男は校舎へと歩くアスタリスクの後ろから、ずっとついてきては話し続けた。

でもそれは荒唐無稽《こうとうむけい》な、まるで安っぽい小説のような話だったから、そのときアスタリスクはなんだかおかしな人に絡まれてしまった、もうあの森には行けないわね、とただ残念に思っていた。

そして本当に、あれ以来森には近づかなかったのだ。

そのときまでは。

あの図々しい平民の男が語っていた、まさにその場面そのものを目撃するまでは……！

「きゃんっ！」

ある日、そんな派手な声を上げて、一緒に歩いていたフラットの前で転ぶ女生徒がいた。王子の前を塞ぐように転ぶというあり得ない失態にアスタリスクが驚いているうちに、フラットは大丈夫ですかと言いながらその女生徒に手を差し伸べた。

きっと王族として紳士として、ここは親切に振る舞わなければならないと思ったのだろう。なにしろそれほど近い場所で彼女は派手に転んだのだから。

さりげなく護衛がいるはずなのに、どうしてこれほど王族の近くまで彼女が来れたのかはわからない。

しかも王族の前で失態を犯したというのにその女生徒はフラットの手を借りて立ち上がると、

「あ……ありがとうございますう……！　私、転入生で全然慣れなくて……こんなところに段差があるなんて、いけない段差ですよね。めっ！」

などと、こともあろうかフラットの手をしっかりと握りしめながらペラペラと言い出したのだった。

転入生とはいえ自国の王子の顔がわからないはずはないと思うのだけど……。

気がつくと、季節は春。そしてかつてどこからか寄付されたという桜の木が満開で、ちょうど頭上からは、はらはらと桃色の花びらが舞い落ちてくる中でのことだった。

「……！　なんて、可愛らしい人なんだ……」

そんなフラット殿下の言葉を聞いた瞬間、アスタリスクの顔から音を立てて血の気が引いていった。

今まさに、あの図々しい平民の男がかつて語った話と全く同じ展開が繰り広げられたことに、アスタリスクはようやく気づいたのだ。

あの男の言ったとおりの場面、人物、そして台詞まで。

この季節の転入生自体が珍しいというのに、奇跡のように全ての符号が一致していた。

それはまるで、まさに今この場面を見たことがあるかのように、とても細かなところまで全く一つの狂いもなく予言されていたのだ。

——今、目の前で起こったこの出来事をわたくしは聞いていた……！

その後アスタリスクは青い顔をしたまま、久しぶりにあの男と出会った森に踏み入れていた。

もしもあの男がこのときを本当に予見していたのなら、また現れると思ったから。

都合のいいことに、この森に来るときは誰もついてこない。

ある意味密会《みっかい》にちょうどよい場所でもあることにアスタリスクは今更ながら気がついた。

そして。

「俺の言った通りだったでしょう？」

アスタリスクの予想通り、その男は前に初めてアスタリスクに話しかけたときと同じ場所に立っていて、アスタリスクを見るとそう言って得意げに微笑んだのだった。

「……どうしてこのことをあなたは知っていたの？」

むかつくとは思いながらも、さすがにあの場面を目の当たりにしたアスタリスクは、そう考えるのが妥当《だとう》だと考えていた。

この国には不思議な能力を持つ者がいる。

魔力を持ち、魔法を操《あやつ》ることができる人たちだ。

魔力を持つのは王族や貴族たちに多い特性で、高貴になるほど強いというのが定説なのだが、平民にもいないわけではないと聞いている。

もちろん公爵令嬢のアスタリスクも魔力を持っているのだが、ただこの国では現在貴族たちにとって、その魔力は単なる高貴な身分を示すステイタス以上の何物でもなかった。

なにしろ魔力や魔法というものに頼らなくても生活にはなんら支障《ししょう》がない上に、もし無闇に魔法を研究したり使ったりしていると王に反逆を企《たくら》んでいるのではと疑われるリスクがあるので、あえてそんな危険を冒そうという貴族がいないのだ。

なぜなら過去に、そのような歴史があったから。魔法を高度に駆使《くし》していたとある貴族が反乱を起こし、しかし王の圧倒的な軍力の前にあっという間に敗北した有名な事件。

そのことがあってから当時の王は貴族たちの使う魔法にとても不快感を示すようになり、魔力の強い家は疎《うと》まれ、魔法を高度に駆使していた家がいくつも反逆の疑いをかけられて取り潰されてしまった。

そんな歴史があるせいで、今では貴族の誰もが魔法というものについて無関心だ。下手な興味は身を、いや家を滅ぼすと貴族たちは骨身《ほねみ》に染みているのだ。

だが稀に平民でも魔力を持つ者がいて、そしてそんな人ほど魔法に関心があって、中には試行錯誤《しこうさくご》の末に魔法が使えるようになる者もいるという。

だからこの男も、そういう類いの人間なのだろうと思った。

魔法だろうか。この男は、未来を予知する魔法が使えるのだろうか？

すると目の前の男は、ふっと薄く笑って言った。

「実は前に、見たからですよ。私には前世の記憶があるのです。私は前世でこの世界の出来事を見ました。だから知っているのです。今日のことも、そしてこれからのことも」

「……まだ予知の魔法だと言ったほうが信憑性《しんぴょうせい》があったわね。なんて嘘くさい」

「でも、俺はあなたに嘘は吐きたくないのですよ」

「まさかそんな話をわたくしが信じると本気で思っているの？」

「でも今日見たのでしょう？　一人の女生徒がフラット殿下に近づき、そしてフラット殿下が好意的な反応をしたのが。今日このときが全ての始まりです。あの二人はこれからどんどん親密になっていく。そして、あなたは悪役令嬢としてその女生徒を虐め抜き、悲惨《ひさん》な最後を迎えることになるのです。俺はそれを知っているから、あなたをそんな運命から救いたいと思って今もここに来ているのですよ」

「虐め？　わたくしがそんなことをするわけないでしょう」

「しかし、そうなってしまうんですよ。これからはたくさんあなたにとって嫌なことが起こる。そしてその結果、あなたは悪役令嬢と呼ばれるようになるのです」

そう言ってその男は、憂《うれ》いを秘めた目でアスタリスクをひたと見据えたのだった。

アスタリスクは考えた。

それを嘘だと断じて切り捨てることは簡単にできる。

でも。

とんでもない話だけれど、そんな話の少なくとも一つが実際に目の前で起こったのは事実だ。

ということは今……拒絶《きょぜつ》はしないほうが良いだろう。

「……それが本当かどうかは保留ね。では教えてちょうだい。あなたの言っていることが本当だとしたら、次は何が起こるのかしら？　もちろん言えるわよね？　わたくしがあなたの言う悲惨な最後を迎えるまで、もう何もないということはないのでしょう？」

「次は、お茶会ですね。もうすぐフラット殿下が主催されるお茶会があるでしょう？」

「あるわね。学院の中とはいえ王子殿下が主催するお茶会だから、将来殿下を支える重要な貴族の子弟のみが集う特別なお茶会よ。まさかそこで何か問題が起こるとでも？」

「起こります。ですので、できたらそのお茶会は、あなたは欠席したほうがよいと思います」

「それは無理よ。わたくしはフラット殿下の婚約者として、そのお茶会でホストを務める側なのだから」

アスタリスクは即答した。そんな大切な場を欠席することは立場上できなかった。

アスタリスクは今まで将来の王子妃として、そしてゆくゆくは未来の王妃として振る舞えるように今まで厳しい教育を受けていた。その中には、もちろん立場上の義務を誠実にこなすという内容もあるのだ。

そして今回のような婚約者が主催するお茶会ではパートナーとして一緒にホストを務め、きちんと場を仕切り盛り上げ客に快適に過ごしてもらうという大事な役割がある。

アスタリスクがフラットの婚約者として相応《ふさわ》しいと、周りにしっかりと示す大切な場だった。

そのような場をずる休みなんてできるはずもない。

がしかし。

「あなたはホストになりません」

目の前の男は、信じられないことを言い出した。

「なんですって？　あり得ないわ。今までも毎年わたくしがホストを務めたのよ？　なぜ今年はホストにならないなんて言うの？」

「それは、フラット殿下がフィーネ嬢をホストにするからですよ」

「それこそあり得ないわ！」

婚約者である自分を差し置いて、最近出会ったばかりの男爵の娘がホスト？　そんな話は聞いたことがない。

この庶民の男は、王族と貴族の関係をよくわかっていないない。だから転入してきたばかりの男爵令嬢が王族のお茶会のホストを務められると本気で思っているのだろう。

「でもそれが実現してしまうからやっかいなんですよ」

そんな憂い顔で何を言おうとも、アスタリスクには全く信じられなかった。

「ただの男爵家の令嬢という立場では、殿下のお茶会に呼ばれることさえまずないわ。ましてや転入してきたばかりの下級生。呼ばれる理由が全くありません。もしその場に現れたら、反対に場違いだと殿下のご不興《ふきょう》を買うでしょう」

「しかし残念ながら、そうなるのですよ。そしてそれを当日知ったあなたは、怒りのあまりフィーネ嬢に厳しい言葉をぶつけるのです。しかもフラット殿下がそれを見て、あなたを叱る。それが最初の……フラット第二王子とフィーネ嬢がより親密になるイベントなのですから」

目の前の男は冗談を言っているのでも、アスタリスクをからかっているのでもない様子ではあった。でも、アスタリスクにはとうてい信じられない話だった。

貴族の上下関係はなかなか厳しいものがある。おそらくはこの平民の男には想像できないような、階級の差というものがあるのだ。

王子殿下に、特に今や幽閉されているとも噂のある第一王子を差し置いて、おそらくは将来王位を継ぐだろうと言われているフラット第二王子殿下に対して、男爵令嬢ごときが気軽に声をかけることさえ普通は絶対に許されない。

それがたとえ建前上は、身分の差がないとされているこの学院の中だとしても。

「あり得ないわ……」

もう一度、アスタリスクは言った。彼女には、その言葉以外に相応しい言葉が見つからなかったから。

「でも当日、それはきっと起こるでしょう。そしてその日が、あなたの悪役令嬢としてのデビューの日でもあります。あなたは怒り、その結果、自分の悪評を作るのです」

それでもこの男は、頑なにそんな非現実的なことが起こると思っているようだった。

「では聞かせてちょうだい。わたくしはそのとき、どんなことを言うのかしら？」

アスタリスクがそう言うと、その目の前の男はすらすらと未来のアスタリスクがとるであろう反応を語った。その話はどれもしごく当たり前で、アスタリスクがそんな状況になったら当然するだろうと思われる言動そのままだった。道理としても全く間違ってはいない。

なのになんとその事がアスタリスクの評判を下げるのだと言われて、アスタリスクはさらに驚いた。

しかしその気持ちは、初めてこの男に会ったときと全く同じだということにも、アスタリスクは気づいていた。

一通り話を聞いたアスタリスクは言った。

「わかりました。しかしわたくしにも体面というものがあります。ずる休みはできません。でも、あなたの話は覚えておきましょう」

「それでは、当日は絶対に怒ったり取り乱したりしないでください。それをすると、たちどころにあなたに不利な状況になるでしょうから。ですから、絶対に我慢してください」

「どうしてそんなことになるのか全くわからないわ。誰かが魔法でも使うのかしら？　でも、今でも全く信じられないけれど、わかりました。覚えておきます。自分の評判が下がるようなことは絶対にしないと約束しましょう。ところで」

「はい、なんでしょう？」

「あなたの名前はなんだったかしら？　名前がわからないのでは、今後呼び出すこともできませんわ」

そう聞いたアスタリスクに、その男はにやりと笑ったあと、優雅にお辞儀をしながら言ったのだった。

「ギャレットですよ。ギャレット・ブレイスです。覚えていてくださいね。名前も、そして俺が、あなたを悲惨な運命から救うためにここにいるということも」

そう、アスタリスクには体面というものがある。それは第二王子の婚約者という立場、そして国の宰相でありコンウィ公爵家の娘という立場であり、それは絶対に守らなければならないと教えられてきたものだった。

だから今、アスタリスクは歯を食いしばって怒りを抑えていた。

そして同時に思う。

ギャレットに話を聞いていてよかった。

信じられないことに今、アスタリスクの目の前ではギャレットの言っていたとおりの光景が繰り広げられていた。

フラット殿下主催の御前《ごぜん》お茶会の場に、いつもどおりフラット殿下の婚約者としてお茶会の女主人を務めるつもりで会場に赴《おもむ》いたアスタリスクは、その自分の座るべき場所に既にフィーネが座っているのを見て我が目を疑った。

——どういうことです？　そこはわたくしの席ですよ。おどきなさい。

思わず出そうになったその言葉を、アスタリスクはとっさに飲み込んだ。

もしもいったん言葉を発してしまったら、そのまま怒りのあまりに次から次へと言葉が飛び出しそうだったから。

——ただの男爵令嬢が、どうして殿下の婚約者であるわたくしの席に座っているのです？　殿下に失礼ではありませんか。即刻そこをおどきなさい。その席はわたくしの席です。わたくしにも失礼だとは思わないのですか？

公爵の娘、そして王族の正式な婚約者として厳しい教育を受け誇り高く生きてきたアスタリスクにとって、それは無礼以外の何物でもなかった。必死で努力して誠心誠意《せいしんせいい》務めあげてきたその地位を、どうして突然現れたはるか目下の人間に土足で踏み入れられなければならないのか。

アスタリスクがそれを言わなかったのは、ひとえにこの状況をギャレットから聞いていたからだ。聞いていなかったら、さすがのアスタリスクも怒りのあまりこの言葉たちを飲み込めたとは思えなかった。

なぜか彼はアスタリスクがこの光景を見て逆上することを知っていた。あのときはまさかそんなと思う気持ちがまだあったけれど、もはや実際にその場に身を置いた今、彼は正しかったのだとアスタリスクは悟った。

なにしろ思い返してみれば、思わず言いそうになったその言葉さえも、彼は予言していたのだから。

彼は言っていた。アスタリスクがその言葉を放った瞬間に、なぜかフラットはアスタリスクの言うとおりだとは言わずに、フィーネを庇《かば》いアスタリスクを叱責《しっせき》すると。

全くどうしてそうなるのかわからない。しかし彼の予言では、

——アスタリスク！　フィーネ嬢に失礼だろう！　今日この席に座るように言ったのは私だ。フィーネ嬢は転入してきたばかりでまだ友だちがいないらしいからな。だからこの場でみなをもてなせば、きっと友だちができるだろうと思ったのだ。なのにそんな可哀相なフィーネ嬢に優しくしてやれないどころか、そのような冷たい言葉を投げつけるなんて、君は一体何を考えているんだ？

とかなんとか、フラットさまは言い出すらしい。

今までもどちらかというと理性的というよりは感情的な方ではあったが、まさか貴族の序列や立場を無視してえこひいきなどをするような方だとは思っていなかったのだけれど。

しかし、本当にアスタリスクがここで素直に感情をさらけ出していたらフラットがそう言いそうなくらいには、今もアスタリスクには目もくれずに、ひたすらうっとりとフィーネのほうだけを見つめている。

……殿下は、ご自分の婚約者であるわたくしの立場に配慮《はいりょ》するおつもりはないのですか？

フラット殿下を生涯支えるためだけに今まで受けてきた厳しい王子妃教育、そしてさりげなく盛り込まれた王妃教育を耐えてきたのは、一体なんだったのだろう。

そんな気持ちが芽生えた瞬間だった。

いくら政略結婚だとしても、いや政略結婚だからこそ、立派な妻になろうと今まで努力してきたのに。

反射的な激情を飲み込んだ後にやって来たのは、虚しさと悲しさだった。

周りの令嬢たちが、心配そうな顔でアスタリスクのことを見ていた。

おそらく、アスタリスクと同じ疑問を感じているのだと思う。

――わたくしは今、周りの人たちから同情され、心配されている。

それは今まで誇り高く生きてきたアスタリスクにとって、初めての屈辱だった。

常に羨望《せんぼう》と尊敬を受けるべき存在として生まれ、そして常に完璧かつ優雅な貴族の見本たれと教育され、ずっとその通りに生きてきたのだから。

ただそのプライドのおかげで今、かろうじて取り乱すことを抑えられていた。

「……殿下、わたくしの席はどこでしょうか？」

——去年までの席にはフィーネが座っている。ならば、わたくしの席は？

そうフラットに聞いてみる。

するとフラットはアスタリスクをちらとだけ見ると、令嬢たちの座る一角の、一応は上座に空いた席を顎で示して言ったのだった。

「あそこにでも座るがいい」

仮にも婚約者であるはずの自分に対するその態度に、アスタリスクはすっと冷たい目になりつつも、大人しく言われた席に着いた。

今はただあのギャレットの言うとおり、黙って全てをやり過ごすのが一番いいとアスタリスクにもわかってきた。

フラットのフィーネへのあの熱い眼差し、うっとりとした表情からは、もう何を言っても聞く耳は持たないのだろうと思えたから。

たとえここでアスタリスクが何を言ったとしても、フラット殿下には決して響かないのだろう。

「ま……まあ、わたくし、アスタリスクさまとお話ができてとても嬉しいですわ。普段はお忙しそうで、なかなか親しくお話ししたことがございませんでしたもの」

そう気を利かせて話しかけてくれる令嬢がいたことがありがたかった。

「まあ、わたくしもですわ。どうぞよろしくね」

そうしてお茶会は始まったのだった。

静かに周りの話を聞いていると、やはりギャレットの言ったとおり、フィーネは元は貴族ではなくスラー男爵に見いだされて養女になったばかりということがわかった。

しかしアスタリスクの一学年下に転入してきてまだそれほど日が経ってもいないというのに、もうその学年の中にはフィーネを崇拝《すうはい》する取り巻きがいるらしい。そしてその取り巻きの橋渡しもあってか、最近ではフラット殿下の周りにもよくいるようになったという話だ。

ということは、きっと今アスタリスクがフィーネに道理を説いたとしても、その結果はフラット殿下だけでなくフィーネの取り巻きの人たちからもアスタリスクが敵視されることになるのだろう。

たしかによくよく見てみると、フラット殿下の隣に座るフィーネのことをうっとりと、まるで崇拝するように見つめる男子生徒が何人かいる。一学年下の高位貴族の子弟ばかりだ。

今までアスタリスクは常に正しくあろうとするあまり、どうやら興味が自分にばかり向いていたようだ。もっと周りをよく見なければと、アスタリスクがちょっと反省したそのときだった。

正面に座るフラット殿下が開会の挨拶の後にそのまま、当たり前のように言った。

「ああ、アスタリスク。君は去年までホストを務めていただろう。フィーネ嬢を助けてやってくれないか？　彼女は今日が初めてだからな」

は？　どうしてわたくしが？

思わずイラッとするアスタリスク。

その席に座るに相応しい人間であるために、アスタリスクが今までどれほどの努力と練習を重ねたのか知っていてそれを言うのか。

それともフラットさまは、全くわかっていないのか？

「あの……フラットさまあ？　なんだかアスタリスクさまが怒っていらっしゃるみたいなので、もういいですう……。きっと私がこの席をとっちゃったから怒っているんですよう。きっと私のことが嫌いになっちゃったんですう」

——とか、口元に両手の拳を当てて甘えるように言うような小娘が、わたくしと同じように振舞えるとでも？

思わずフラット殿下のほうを見たが、それでも何も感じていないらしいフラット殿下はさらにアスタリスクを睨んで言った。

「どうした、早くこっちに来てフィーネ嬢を手伝ってやれ。フィーネ嬢を今日のホストにお願いしたのは私だ。だから私が彼女を助けてやらねばな！　大丈夫だ、フィーネ嬢。私が命令すれば彼女は逆らえないのだからね」

それならフラット殿下がご自分で教えればよろしいのでは？

とはさすがにプライドと立場が邪魔して言えないアスタリスクは、しぶしぶ殿下の命令だと我慢して席を立った。

「ええ～～？　フラットさま、すっごい優しいぃ～！　フィーネ、とっても嬉しいですう～」

なんてまだ拳を口にあてたまま身もだえしているフィーネのことを、今もフラット殿下はデレデレと鼻の下を伸ばして嬉しそうに見つめている。

なんなのあの情けない光景は。

アスタリスクは、ついつい目つきがきつくなるのを抑えられなかった。

フィーネの元に歩いていく道中で、フィーネの取り巻きらしき生徒たちが「うわ怖えぇ……」とか言っていたが、そこはもうどうしようもない。

しかしそれでも命令は命令なので、フィーネの所に着くと手順を説明する。

「まずは来客のみなさまにご挨拶を申し上げ、その後お茶をサーブします」

「サーブってなんですか？」

「……お茶を淹れて差し上げることですわ」

「え？　私が淹れるの？　淹れてもらうんじゃなくて？」

「フィーネさまはもてなす側ですから」

「えー？」

と、不満そうにされても困る。フラットさまの横に座るということがなにを意味するのかも知らないで座っていたということに、今までその席に座る責務をひしひしと感じて一つのミスもすまいと気を張っていた自分がなんだか哀れになってきた。

「まずは立ち上がって、みなさまにご挨拶を」

「えーはーい。えーと、みなさま！　今日はとっても良い天気ですね！　フラット殿下のお茶会にようこそ！　私はフィーネです！　今年この学院に来ました！　どうぞよろしく！」

………。

ちょっと頭痛がしてきたような気がするアスタリスク。でもすぐ近くのフラットは、今もそんなフィーネのことをただうっとりと見上げているだけだ。

この人、こんなに頭の悪い人だったかしら？

「……それではこちらにお茶器の用意がしてありますので、フィーネさまはお茶を淹れて控えている使用人に配るように指示してください」

「お茶ですね……ではまずはお茶っ葉を……あれ？　お茶っ葉はどこ？　お茶っ葉の入った缶は？」

「こちらの陶器《とうき》の壺《つぼ》がそうですわ」

「あ、本当だ！　じゃあお茶っ葉を入れて――えいっ」

「フィーネさま、お茶の葉は壺を傾けるのではなくこちらの匙で……あとお茶の葉はもう少し入れたほうがよいかと。今日のポットは大きいですし」

「え？　こんなもんでしょう？　私はいっつもこれくらいですよお？　贅沢はだめです！　お茶っ葉は高いのに、もったいないって思わないんですか？　じゃあお湯を入れてっと。はい！　出来上がり！」

そうしてフィーネはちょっと待ったあと、すぐにポットの中をかちゃかちゃとスプーンでかき回してから順番にカップにお茶を注いでいった。

抽出の時間を砂時計で計るとか、茶葉はかき回さないで静かに揺らすものだとか、そんなことは全くお構いなしの様子にアスタリスクは今度は目眩がし始めた気がした。

しかしすぐ近くのフラットは、そんなフィーネをただにこにこと見つめている。

——もしわたくしがこんなお茶の淹れ方をしたら、後から品位がどうとかネチネチ言うくせに。

ついそんな思いがこみ上げて、微笑みを保つ顔がひきつった。

そんな凍った笑顔のまま動けなくなっていたアスタリスクの目の前で、フィーネが淹れ終えたポットを持ったまま勢いよくアスタリスクのほうを向いた瞬間。

ガッシャーン！

勢いあまってポットをアスタリスクにぶつけ、そのまま取り落としてポットが粉々に砕けたのだった。

「あっ……ごめんなさ〜い！　びっくりしたあ！」

「フィーネ！　大丈夫だったか？　火傷《やけど》はしていないだろうな!?」

「あ、フラットさまあ……フィーネは大丈夫ですぅ。ちょっと驚いただけで……。私、おっちょこちょいでダメですねえ。ポット割っちゃってごめんなさい～」

「いいんだ、フィーネ嬢が無事だったのなら。よかった、君の綺麗な手が火傷でもしてしまったら、私は自分が許せないところだったよ。アスタリスク、どうして君はそんな所に突っ立っていたんだ。危ないじゃないか。フィーネ嬢が怪我をするところだったんだぞ。フィーネに謝れ！」

フラットはフィーネの両手をぎゅっと握りしめながら、なんとアスタリスクに冷たい目を向けてそう言ったのだった。

フィーネのお茶の注ぎ方が甘かったらしく、ポットに残っていた紅茶がぶつかった弾みでアスタリスクの制服を汚していた。そして陶器製の高価なポットは中のお茶っ葉をまき散らしながら、アスタリスクの足下で砕け散っていた。

そんな状態のアスタリスクには気遣わず、まさか責めるなんて。

あなたがここに来いと言ったのでしょう？

フィーネに手順を教えるためには、明らかにここが一番適切な場所でしょう？

陶器を持っているときは、慎重に行動するべきなのは当たり前ではないですか。

なのにこのお茶会のためにわざわざ王宮から持ってきている貴重で高価な王家の陶器を割って、ごめんなさいの一言で済ませるとはどういうことなの。

たくさんの言葉がアスタリスクの頭の中を駆け巡った。きっとあのギャレットに警告されていな

ければ、当然のこととしてここでその全てを発言していただろう。

だけれど。

アスタリスクは、驚きで目を開いた以外は、歯を食いしばって全ての言葉を飲み込んだ。

今やそんなアスタリスクには当たり前に思える反論をしても、きっとあのギャレットの言うように、フラット殿下は一方的にアスタリスクを悪者にするのだろうと予想がついたから。

アスタリスクはゆっくりと一つ深呼吸をしたあとに、全ての感情を殺した声で言った。

「それは申し訳ありませんでしたわ。お許しくださいね。ではわたくしは制服が汚れてしまったので今日はこれで失礼いたします。みなさま、途中で退席するわたくしをお許しくださいませ」

そうしてその場で形ばかりの礼をして、そのまま毅然《きぜん》と立ち去ったのだった。


「どういうことなの！　さっぱり理解できないわ！」

アスタリスクは、ギャレットの顔を見るなり叫んだ。

アスタリスクは汚れた制服を着替えるとすぐに、まっすぐに学院の裏にある森に行った。

どうせ彼はきっとここにいるだろうと思って。そして、

「俺の言ったとおりになったでしょう？」

予想通りにギャレットが、腕を組んでにやにやしながら木にもたれつつ待っていた。

機嫌の悪さを隠す気もないアスタリスクは、そんな得意顔に見える男を無言で睨みつけた。

なのにギャレットは怯むでもなく怖がるでもなく。

やれやれといった風に肩をすくめただけだった。

「……殿下の陶器を割ったのに、あっ、ごめんなさ〜いで許されると思っているあの女はなんなの？」

なんなの？　ふざけているの？　仮にも殿下の前で失態をしたというのに、どうしてあんなに堂々としていられるの？

そして、それを鼻の下を伸ばしながら庇うフラットさまも何を考えているの？

「その顔を見たら、あなたが怒り心頭なのはわかりますよ。でも悔しいとは思いますが、おそらくもう慣れるしかないでしょう。きっとこの先はずっとそんな感じになる。あなたはきっと何をしても、何を言っても悪者にされてしまうでしょう」

「まさかフラット殿下がそんなことを許すはずが」

「あるんですよねえ、これが」

「では周りの貴族たちが許すはずが」

「あるんですよ、これも」

「なぜ？　明らかにおかしいじゃない。常識では考えられないわ。あのフィーネとかいう娘、ただの下級貴族の娘としても恥ずかしいくらいなのに」

「と、あなたが言うから悪役令嬢になってしまう」

「なによ悪役悪役って！　冗談じゃないわ！」

本当に、冗談じゃないわ。そんな理不尽なことがあるなんて。

「でも君がそういう誇り高い人だから、この先悪役になってしまうんですよ。そして一年後、あなたはフラット殿下から悪役令嬢だからと国外追放が言い渡されることになる。最悪のシナリオでは不敬罪で死刑。でも俺はこの学院に来てから今までずっとあなたを見ていました。俺はあなたがそんな目にあうような悪い人だとは思わない」

真面目な顔をしてそう言う男、ギャレット。

そしてアスタリスクも、このままいくと本当にそれが実現してしまうかもしれないと思い始めていた。それほど今日の出来事はあり得なかったし、ショックだったのだ。

アスタリスクはちょっと考えたあと、その整ってはいるものの少々きつくつり上がった目でギャレットを見据えて言った。

「……今となってはその言葉も信じなければいけないのかもしれないわね。じゃあ聞くけど、どうしたらわたくしはその運命から逃れられるのかしら？　わたくしは何をすればいいの？　それとも、何をしなければいいの？」

「いい目ですね。その意気です。もしあなたただけだったら何をしてもしなくても、その運命からは逃れられなかったでしょう。なにしろこの話の主要人物なのですから。だけど幸いなことに俺はそのメンバーから外れています。だから、どうにかして俺があなたの運命を変えられるように、できる限りのサポートをしましょう。俺はこの世界に来てから、あなたを救うために頑張っていろいろ思い出したんですよ」

そう言いながらアスタリスクの前まで歩いてきたギャレットは、アスタリスクのすぐ後ろにあった木の幹に片手をついた。自然とギャレットとアスタリスクの顔が近づく。

今までは高位貴族と平民という見えない壁で隔てられていたギャレットが、初めて踏み込んだ距離だった。

やたらと整っている顔でギャレットは、間近にアスタリスクの目を真剣な表情で見つめていた。

さすがにこの距離になると、ギャレットの体の熱と男女の体格差を感じないわけにはいかない。

それでもアスタリスクは毅然と、ギャレットの顔を見上げて言った。

「……それで、具体的にはどうやってわたくしを救ってくれるつもりなのかしら？」

未来の国外追放や死刑なんていう事態を避けるためには、一体どうすればいいのか。アスタリスクの頭の中では今、そのことだけが渦巻いていた。

もはや相手が平民だろうとなんだろうと、使える情報はとにかくできるだけたくさん取り入れて自分の未来を守らなければ。

だが狼狽《うろた》えもせずに平然と見返してきたアスタリスクを見下ろしながら、ギャレットは苦笑いして言った。

「うーん、これ、壁ドンなんですけど。さすが公爵令嬢、見事な冷静さですね。まさしく貴族の

鑑《かがみ》だ。まあ俺は、あなたのそんなところが昔から好きなんですけどね」

「それはありがとう。でもわたくしはちょっと今は距離が近いと思いましてよ。もう少し離れてくださる？　適切な距離を保ってちょうだい。そうでなければもう今後、あなたとここで会うわけにはいかないわ」

彼の助けを借りたいとは思う。でも、だからといってこの得体の知れない男に弱みを見せるわけにもいかない。だからちょっと動揺したことは必死で隠して言った。

公爵令嬢は、弱みを見せてはいけない。世の中には、弱みをつかんで貴族を操ろうとする輩がとても多いのだから。

だからその一心でとにかくギャレットを睨みつけた。

するとギャレットのほうもにやりと笑った後に、アスタリスクからすすっと離れて友人らしい距離に戻ったのだった。

友人らしい、そう、今までの知人としての距離よりはちょっとだけ近い距離に。そして言った。

「わかりました、今後は気をつけます。でも俺の助言がなければあなたは不幸へ一直線です。あなたには俺と共闘する気はありませんか？」

「共闘……？　そうね、それは良い言葉ね。共闘するのはやぶさかではなくてよ。あなたがそうやって、適切な距離を保ってくれるのならね」

ギャレットの言う未来の絶望からは逃れたいと思いつつ、それでも今まで育ってきた公爵令嬢としての矜持《きょうじ》や態度もそんなすぐには変えられないアスタリスクだった。

だけれどギャレットには、そんなアスタリスクのつんけんした態度は気にならないらしい。

にやっと嬉しそうに笑った後に、片手を胸の前にあててうやうやしい態度で言った。

「全てお姫さまのおっしゃる通りに。それでは具体的に今後のことを相談しようではありませんか」

そうして二人は頻繁に学院の森で会うようになった。

第二章 シナリオの強制力

Chapter 2

「アスタリスクさま、どうしてあんな平民を侍らせておくのです？」

「ああいうしつこく貴族につきまとう平民はわたくしたちにとってハエですわよ。美味しい思いをしたくて寄ってくるのです。相手にしてはいけませんわ」

しばらくすると、この学院に入学して以来アスタリスクの取り巻きとして一緒に過ごすことの多かったカランド侯爵令嬢やモレンド伯爵令嬢などが、そう進言してくるようになっていた。

もちろん彼女たちが言う平民とはギャレットのことである。

この学院は王立学院で、広大な敷地に沢山の建物が建ち並ぶ設備的にも大変恵まれた学院なため入学審査《しんさ》がとても厳しく、しかも学費がとんでもなく高いために事実上貴族の子弟専用の学校となっていた。

だからもちろん生徒はみな平等という建前がある学校とはいえ、お互いの家の爵位の上下を生徒たちは常に意識している。

なのにそんなところに平民が交ざってくるとなると、貴族たちのプライドを大いに刺激するらしい。あからさまに嫌悪を示す貴族の生徒もいるのだった。

それでも入学してくる平民の生徒は後を絶たない。少数ではあるが。

その目的は、人脈。

この学院での八年間という長い間に、寮生活や学院生活を通じて貴族の子弟と知り合い、親交を深めたり、少なくとも気に入られたりすれば、卒業後も引き立ててもらったり家業を助けてもらったりとメリットが大きいのだ。

そのためギャレットのような国一番の商会の息子など、身分はなくてもとんでもないお金持ちの家の子弟や奨学金《しょうがくきん》を得た素晴らしく優秀な平民が少数ながら在学している。

しかしそんな平民の生徒はなかなか貴族の子弟である生徒たちからは下に見られ蔑《さげす》まれやすいのも事実だった。だから、

「宰相でもあるコンウィ公爵のご令嬢であるアスタリスクさまに近づくなんて、身の程もわきまえない失礼な男」

そう言うモレンド伯爵令嬢やカランド侯爵令嬢の態度は、この学院の、特に高位貴族の子弟たちの中ではいたって普通といえる。

しかしアスタリスクは言った。

「今は同じ学院の生徒ではないですか。本来ここでは身分の上下はありません。用事があればわたくしも級友としてお話することはありますわ」

そう、同じ学年の生徒として扱う分には問題はないだろう。アスタリスクはそう思うのだが。

「まあ、アスタリスクさまはお優しすぎますわ。平民は平民同士、教室の隅で小さくなっていればいいのです。なのにわざわざわたくしたちの前をふらふらするなんて、まるで本当にハエのようではありませんか。ああ鬱陶《うっとう》しい。ましてや特に高貴なアスタリスクさまの近くを飛び回るなど」

そう言ってモレンド伯爵令嬢は何か臭いものを嗅《か》いだかのように顔の前で手を振っている。

今まではそんな話題が出てきたことがなく、二人とも普通のお友だちとして楽しく過ごしてきたアスタリスクは、このギャレットという異質な人物が現れたことによって今まで知らなかった学友の本心を垣間見た気がして密かに驚いていた。

その人自身を見ないで身分だけでそこまで言うものでもないのではないかしら？

身分はなくても優秀で有能な人だっているでしょうに。

とは思ったものの、アスタリスク自身も今まではずっと貴族、しかも高位貴族の子弟にばかり囲まれていてギャレットの名前すらも知らなかったことを考えると、なかなか偉そうな事も言えないと思って黙っていた。

「きっとアスタリスクさまが全く相手にしないとわかればもう少し脈のありそうな、たとえば最近領地の経営が上手くいっていないという噂のある子爵家のレントさまのほうにでも行くでしょうに」

「そうですわね。あの平民は高望みしすぎなのですわ。まったく身の程をわきまえないあたりが、ハエよりも頭が悪そうですけれど」

そう言って笑い合う二人である。

そうは言っても……。

今ではアスタリスクの唯一の救いの神かもしれないギャレットを、あまり悪く言われるのもちょっと複雑な気分になってしまう。

もちろんギャレットのほうも、そんな自分の学院内での立場は嫌というほどわかっているのだろう、学院の中でそれほど堂々と近寄ってくることはない。

だから、会うのは森の中だけ。

カランド侯爵令嬢やモレンド伯爵令嬢がついてこない上に、前から一人になりたいときにはよく行っていた森だったから最初は怪しまれなかった。

しかし。

あるとき、ギャレットとアスタリスクが森の中で親しく話しているのを、どうやら他の生徒に見られたようだった。

それからである。こそこそとコンウィ公爵令嬢アスタリスクに近づく図々しい平民としてギャレットが悪く言われるようになったのは。

そのせいで、今ではクラス内でのなんてことのない用事の伝言をしたときや、すれ違うときにたまたま目が合ったりするだけで、二人がギャレットのことを邪推《じゃすい》し忌《い》み嫌ってあれこれうるさく言うようになってしまった。

あまりに毎日続くとアスタリスクも少々うんざりしてしまう。

別に平民を気に入って手下のように扱っている貴族子弟なんて他に何人もいるではないか。

なぜアスタリスクはダメなのか。と、思っていたら。

「コンウィ公爵家の令嬢とお付き合いしようなんて身の程知らずですわ！　アスタリスクさまは将来の王妃さまとも言われているほどの方ですのに、爵位もないようなお家の人間が軽々しく近づくなんて！　わたくしたちみたいにしっかりとした爵位のあるちゃんとした家の人間じゃないと！」

モレンド伯爵令嬢がそう言ったとき、やっと、二人はアスタリスクという人間が好きで一緒にいるのではなく、アスタリスクがコンウィ公爵家の人間だから、王子の婚約者だから、未来の王妃だと思われているから一緒にいるのだと理解したのだった。

今、この国の貴族たちは今は亡き前王妃の産んだ第一王子を推す派閥《はばつ》と、現王妃が側妃のときに産んだ第二王子を推す派閥と、どちらにも属さない中立派に分かれている状態だった。

もちろんアスタリスクの父コンウィ公爵が属しているのは、今、圧倒的最大派閥である第二王子を推す派閥である。

そしてモレンド伯爵令嬢やカランド侯爵令嬢の家も、やはり第二王子派閥だった。

見回してみれば今、アスタリスクの周りはアスタリスクをチヤホヤしてくれる第二王子派閥の貴族の子弟ばかりだ。

そしてアスタリスクのほうもそんな方々を失望させないように、よりフラット第二王子に相応しいように完璧に振る舞うべきだと気を張って今まで頑張ってきた。それが自分の役割なのだとも思っていた。

でも。

もしもギャレットの言うとおり一年後にはアスタリスクが公爵令嬢ではなくなって、第二王子の婚約者でもなくなってしまったら。

一体、今いる「友人」の誰が残ってくれるのだろうか。

そう思うとアスタリスクには、そんな「友人」たちの助言のとおりにギャレットを遠ざけるなんていう選択肢はなかった。

だから、つい、

「ギャレットは別に悪い人ではないわ。わたくしはなにも迷惑には思っていないし、普通にクラスメイトとしてお付き合いすればいいんじゃないかしら」

なんて言ってみる。

けれどもそれを聞いたモレンド伯爵令嬢やカランド侯爵令嬢が、

「まあアスタリスクさま！　あんな平民と馴れ合うなんて、高貴なアスタリスクさまがそんなことをしてはいけませんわ！　たしかに顔はいい方ですけれど……それとももしかして彼を本当に愛じ……あ、いいえ、まさかそんな、ねえ？　アスタリスクさまはフラット殿下とご婚約されているんですもの、まさか、ねえ……？」

などと言い出して、どうもいらぬ憶測を呼んでしまったようだ。

愛人とか手下とか使い走りとか奴隷《どれい》とか、そんなどの言葉もアスタリスクにとってのギャレットを表す言葉ではないというのに。

彼はただ純粋に、友人だった。おべっかも言わない、お金持ちでも笠に着ない、ちょっと軽々しい言動がないわけではないけれど、それでもアスタリスクが公爵令嬢だからといって必要以上にへりくだったり機嫌をとったりしないで対等に話ができる、おそらくは唯一の、友人。

だからとうとう彼との変な噂が流れ始めても、アスタリスクは今ではほぼ毎日、朝の授業が始まる前は森に散歩に行くのだった。そして毎日、そこでギャレットとちょっとした会話をするようになっていた。

「おはようございます、良いお天気ですね」

「おはよう、ギャレット。今日は晴れたわね」

そんな他愛ない会話をしながら、ちょっとだけ一緒に散歩する。そんなことがほとんどだけれど。

でも、アスタリスクがその習慣をやめることはこれからもないだろう。

なぜならギャレットの言う「いべんと」が起こる前には、このときにギャレットが予告をしてくれるから。

今ではアスタリスクもできるだけこれから何が起こるかを知って、できる限りの善処をしなければばならないという危機感を持っていた。

なにしろとにかく最近は、何をしても悪いほうにとられるようになっている気がするのだ。

きっと少しでもその「いべんと」への対処を間違えたら、本当に将来はギャレットの言う「最悪の場合は死刑」なんていう未来が来そうな気がひしひしとしていた。

どうもそんな未来に無理矢理向かっているような流れを感じる。

だからとにかく、全てをできるだけ穏便にすませたい。

今日も朝の挨拶をしたあと、久しぶりにギャレットが言い出した。

「そういえばもうすぐフラット殿下のお誕生日ですね。フラット殿下は親しい人を呼んでパーティーを開くと思うのですが、今年、アスタリスクさまは招待されていますか？」

爽やかな微笑みとともにそう言うギャレットに、アスタリスクは冷ややかな目を向けて言った。

「今聞くということは、もうわかっているのでしょう？　もちろん招待されていないわ。毎年もう今頃は招待状が来ているはずなのに、今年はなんにも。あなたがそう言うということは、これも『いべんと』なの？」

「そうです。ですからまた、あなたは我慢をしなければならないでしょう。そろそろ、フィーネ嬢がそのパーティーに呼ばれているのに自分が呼ばれていないことに気づいたあなたが、フラット殿下を問い詰めるというイベントです」

「またなの？　殿下はどこまでご自分の婚約者を馬鹿にすれば気が済むのかしら？」

「きっと永遠に気は済まないのでしょうね。フィーネ嬢にすっかり心を奪われたフラット殿下は、そろそろご自分の婚約者が高慢で口うるさいと嫌い始めるのですから。ですから、ここでフラット殿下に文句を言うのは悪手です」

「高慢で口うるさいですって……？　わたくしはまっとうなことしか言っていないはずよね？　ご自分の立場をわきまえないで好き勝手するのは子供のすることじゃないの」

「と、フラット殿下に言うからフラット殿下が怒るのですよ」

「なんですって!?」

「俺はそんな風に怒る君も可愛いと思うけれどね」

「ふざけないで。わたくしは本当に怒っているのよ！」

にやりと笑ってウインクをしてくるギャレットを睨みつけて、アスタリスクは憤然《ふんぜん》と言った。

道理を説いて怒られるなんて、なんて損な役回りなの！

「だから今のうちにここで怒ってしまって、この後は冷静に対処したほうがいいでしょう。怒りのままにフラット殿下に突撃しても、状況は悪くなるだけです。いいですか、怒ったりせずに絶対に聞き流すんです。ここでフラット殿下に注進したら、最悪不敬罪で死刑のルートに行きかねないんですよ」

ギャレットが、アスタリスクの目を真っ直ぐに見て言い聞かせるように言った。

彼がそんな目をするときは、本当に理不尽な「いべんと」とやらがあるのだということをアスタリスクはもう学んでいた。

そして実際に、それからほんの数日経ったとき、カランド侯爵令嬢がふと言ったのだ。

「そういえばアスタリスクさまは、フラット殿下のお誕生日パーティーには何をプレゼントされるのですか？　今年は参加メンバーも増えるという話ですから、他の方と被らないプレゼントを考えるのも大変ですわよね」

するとモレンド伯爵令嬢も言った。

「本当に。毎年のことですし、他の方のプレゼントより見劣りしないものを考えるとなるといつも悩みますわ。今年わたくしは殿下のお誕生石の入ったペーパーナイフなどを考えているのですが。アスタリスクさまは何を贈られます？　去年は見事なルビーの入ったタイピンでしたわよね」

ということは、二人は招待されているということね。

そう悟ったとき、アスタリスクは薄々そうだろうとは思っていたはずなのに、この自分だけ招待されていないという事実にやっぱりショックを受けた。

しかしそんなアスタリスクには気づかずに、二人はさらに会話する。

「今年はあの話題のフィーネ嬢も呼ばれているそうですわ。フラット殿下のお茶会で失態をしたというのに、まさかお誕生日パーティーにも呼ばれるとは驚きですわね」

「あのときだってアスタリスクさまが帰られた後はお茶も満足に淹れられなくて、わたくしたちは薄くて不味いお茶を飲まされたというのに、それでも殿下のご不興を買わないなんて一体どうやって取り入っているのかしら」

「本当に、男爵令嬢ごときが殿下のパーティーに呼ばれて直接プレゼントを渡すなんて、前代未聞ですわ」

そんな会話を聞きながら、おそらくギャレットに前もって予告されていなければ、この時点でアスタリスクは恥辱《ちじょく》と怒りにまみれてフラットの所に問い質しに行っていただろうと、アスタリスクは悲しい気分とともに考えていた。

——お気に入りらしい男爵令嬢とわたくしの友人が呼ばれているのに、婚約者である自分が呼ばれないなんて、そんなの明らかに殿下からの公開嫌がらせではないか。

不当だと、はっきりと伝えるべきではないか。思わずそう思ったが。

「そうそう、それでアスタリスクさまは何を贈られるのです？」

という無邪気な問いに対してはつとめて穏やかに、

「残念ですけどわたくし、招待されていませんのよ。でもお二人はぜひ楽しんでいらしてね」

かろうじてそう答えると、気まずくなったらしい二人が急いでその場を立ち去るまで、アスタリスクは心を無にして微笑みを顔に貼り付け続けたのだった。

「頑張ったじゃないですか。あのとき、それでも文句を言いに行くかと思って俺が途中で待っていたのが徒労に終わるとは思わなかったですよ」

そう言って苦笑いしているのはギャレットである。

でも苦笑いをしたいのは、アスタリスクのほうだ。

「もちろん自分に不利になるような振る舞いなんてするものですか。頭に血が上って歩いているところをあなたに止められなくて良かったわ。でも、それで効果があったかどうかは疑問ね。だって今は、カランド侯爵令嬢もモレンド伯爵令嬢もフラット殿下のお誕生日パーティーに呼ばれなかったわたくしを軽んじ始めているような気がするから」

そう、あの日以来、二人は気まずいらしくアスタリスクと一緒に過ごす時間がとても減っていた。

そしてフラット殿下の誕生日パーティーに行ってからは、さらに二人がアスタリスクとは一緒に過ごさなくなった気がする。

二人は相変わらず仲がよさそうではあるが、今ではあまりアスタリスクに話しかけなくなっていた。そして、他の貴族の子弟たちも。

ギャレットが言った。

「おそらくそれだけじゃなくて、この前フラット殿下の誕生日パーティーで殿下があなたを疎んじるような発言をしたからでしょう。周りの人間はあなたに配慮して言わないでしょうが、俺が聞いたところでは、たとえば『あの女は高慢で扱いづらくてかなわない。本当は話もしたくない。せめてこのフィーネのように従順で可愛らしいならまだよかったのだが』とか言ったらしいですよ」

「なんですって!? 仮にもご自分の婚約者、将来妻になろうという人間を人前でそんな風に言うなんて、なんて失礼な人なの！　たとえ心で思っていても、普通なら相手の顔を立てるべきでしょう。特に王家の人間ならば、ご自分の発言にどれだけの影響力があるのかも知っているでしょうに」

アスタリスクは怒りでまなじりをつり上げた。

こんな屈辱は生まれて初めてよ！

しかし、本当にそんな風にアスタリスクのことを言ったのなら、周りの貴族の子弟たちが気まずくなって、アスタリスクに近寄らなくなるのもわかる気がした。

誰しも王族の機嫌は損ねたくないのだ。しかもあれでもフラット第二王子は今、次期国王の座に一番近いと言われている。

「まあ王の器には見えないが、しかしあれでも一応は王子だしな……」

「でも第二王子なのよ？　第一王子殿下がもっとしっかりしていてくれたらよかったのに」

「そうしたら君は第一王子の婚約者になっていたのかな」

「それはわからないわね。わたくしがフラット殿下の婚約者になったのは、宰相であるお父さまを取り込みたい今の王妃さまの強い意向だったようだし、他に王妃に相応しい方がいないというわけではないから」

「でも俺はあなたが一番王妃に相応しいと思っていますよ」

「まあありがとう。でも、正直なところ今のフラット殿下を支えて王妃を務めるのは肩の荷が重すぎるのではと思い始めているところよ。本当に第一王子殿下がもう少ししっかりしていてくれたらよかったのに。サーカム殿下はどうしていまだに表に出てこないのかしら？」

「さあ？　病気が治らないんじゃないですか？」

ギャレットはあまり興味がなさそうだ。たしかに貴族でないなら王子同士の権力争いや派閥争いなどには興味が湧かないだろう。

第二王子フラット殿下の異母兄である第一王子サーカム殿下という方は、幼少の頃から病弱で奇行や虚言《きょげん》が多く、ずっと病気の療養を名目に離宮で隠して育てられたと言われている。

言われているというのは、今でもサーカム殿下をその目で見たという貴族がほとんどいないからだ。

幼少の頃はたしかに表に出てきていたので存在しているのは確かなのだが、幽閉されてからは全く表に出てきていない。アスタリスクが知っているのは、幼少の頃から言動が普通の幼児とは違って奇怪《きかい》だったという父たちの話だけである。

そしてその生母である前王妃さまが四年ほど前に亡くなったときにもその葬儀に姿を現さなかったことで、今でもとても人前に出せるような状態ではないのだろうというのが一般的な見方になっていた。

今では誰もが、現王妃さまの子であるフラット殿下が王位を継ぐと思っている。アスタリスクの父で宰相でもあるコンウィ公爵も、そう判断したからこそアスタリスクとフラット殿下の婚約に同意したのだ。

アスタリスクも貴族の娘としての義務はよくわかっていたから、与えられた役割をちゃんと果たそうと、当時はまだ子供ながらに決意したのだが。

あのときは知らなかった。まさかフラット殿下がこんなに薄情《はくじょう》な人だとは。

そしてそんなアスタリスクの静かな怒りが、周りにも伝わってしまったのだろうか。

日が経つにつれ、アスタリスクは自分のまわりからどんどん人がいなくなっていくのを感じていた。

今ではもう、カランド侯爵令嬢やモレンド伯爵令嬢も話しかけてはこない。

クラスの他の生徒たちも、なんだかそよそよしい気がする。

そんな状況になってしまうと、アスタリスクも公爵令嬢という貴族の中でも特に家の爵位が高い立場なために、他の格下の家の生徒たちに親しげに話しかけることもしづらいのだった。

相手は家の爵位の上下関係のためにアスタリスクからの会話を断れないだろう。でも、どうもアスタリスクと話す間も、他の生徒の目が気になるようで。

おそらく迷惑に思っているのだろうと感じてしまうと、アスタリスクのほうから話しかけることも申し訳なくなってしまった。

……どうして同じ生徒という立場なのに、わたくしたちは爵位の上下関係に振り回されてしまうのかしら。

気がつけば、アスタリスクは学院の中で孤立していた。

これが、フラット殿下という学院内で唯一の王族から嫌われてしまった代償《だいしょう》なのだろう。

片やフラット殿下に気に入られているフィーネは、取り巻きがさらに増えたようだ。

今ではフラット殿下はアスタリスクのことを、まるで昔から嫌いだったかのような目で見る。そしてフラット殿下の取り巻きたちも、フラット殿下と一緒にアスタリスクを睨んで来るのだった。

でもこの王立学院でしっかりと学問を修め、きちんと卒業することは一人前の貴族として大切なことだと思っているから、今ではアスタリスクは黙々と勉強し、一人で寮と学院の間を往復する毎日になっていた。

話し相手はギャレットただ一人。だけれど彼も平民という身分のせいで、同じクラスなのに人前ではアスタリスクには話しかけてこない。

だからもっぱら話すのは散歩で行く朝の森の中に限られていた。

ああ、森はいい。ここでは誰も、自分を悪く言ったり冷たい目で見たりしてこないから。

鳥はアスタリスクに関係なく楽しげにさえずり、木々は静かに風に葉を揺らすだけ。

そしてアスタリスクもここでは公爵令嬢でも第二王子の形ばかりの婚約者でもなく、ただ一人の人間として立っていられるのだ。

だからそう、平民と対等に楽しくおしゃべりしてもいい。

「あなただけは変わらないわね。わざわざ早起きしてまでわたくしに会いにくるような人はもうあなただけよ。たいして用事もないのでしょう？　それともあるの？」

「純粋にあなたに会いたいから、ではダメですか？」

「……別に、いいんじゃない？　でも、物好きね」

今日もアスタリスクの散歩道の先で、のんびりたたずんでいた男とそんな軽口をきいても、いい。

「そうですかね。でも俺は今日もあなたが寂しそうな顔をしているのかと思うと、つい来てしまうんですよ。俺は味方だと思い出してほしくて」

「まあありがとう。でも、寂しそうな顔？　それは心外ね。わたくしはいつも気持ちを顔に出さないようにしているのに。それともわたくしはそれに失敗しているのかしら？」

「貴族はみんなそうやって澄ましていますよね。あなただっていつも完璧だ。まだ学生なんだから、もっと伸び伸びすればいいのに。でも、俺には寂しそうに見えてしまうんですよ」

「……まあ、正直なところちょっと寂しいと思うときもあるわね。今ではもう誰も、わたくしには話しかけてこないのだもの。おかげで静かに過ごせているけど」

ふと正直に寂しそうな顔をするアスタリスクに、優しく言うギャレット。

「最近ではますますフラット殿下があなたを堂々と非難して、フィーネ嬢に入れ込んでいるからでしょう。本当に貴族という人種は勢力図には敏感でいらっしゃる。そして本来なら、あなたは今頃は元気に殿下やフィーネ嬢に口うるさく文句を言ったりしているはずだったけれど」

「その結果わたくしが悪役と言われてしまうという未来を知って、そんなことをするお馬鹿さんにはなれないわ」

「その通り。だけれど結局あなたが寂しい思いをしているのは申し訳ないと思う」

でも、これ以上に良い、いやましな状況も難しいだろうとギャレットは言うのだ。アスタリスクが悪役令嬢という本来の立ち位置から離れることは、おそらくできないだろうというのがギャレットの考えだった。「きゃら」というものが決まっているのだから、と。

なんて理不尽な。

とは思うけれど、もう理解のできないことが多すぎて、いちいち疑問に思うことも無駄に思えてくる今日この頃。

「もうどんなにおかしくても理不尽でも、フラット殿下やフィーネ嬢には怒ったり文句を言ったりしない。そして極力関わらないようにする。そうやってこのまま大人しくしていれば、なんとかなるかしら？」

絶対に断罪されるような非を作らない。今のところアスタリスクができる対策はそれだけだと思って頑張ってきた。なのに。

「……実は、あなたがフィーネ嬢を虐めているという噂がどこからか出ているようです。あなたがフィーネ嬢に全く関わっていないのにそんな話が出てくるなんておかしいと思って少し調べてみたのですが……。俺の前世での記憶にはないのでまだ確信はないのですが、フィーネ嬢が魔法を使っている可能性があると俺は思っています」

「魔法……？　そんなものを学院の中で使ってもいいの？」

アスタリスクは怪訝《けげん》な顔をして言った。

今まで聞いたことがない。魔法を使う生徒なんて……。

貴族の子弟は魔法をたとえ使えても、おおっぴらに使うことはない。なにしろ王に睨まれたくはないのだから。親に、家に迷惑をかけるとわかっていて使う生徒なんてまずいない。はずだ。

だが。

「校則的には別に禁止されてはいないんですよね。誰も使おうとしないだけで。だけどフィーネ嬢は元々は平民ですし、元平民だからといって魔力がないことにもならない。もしかしたら、ちょっとやっかいな魔法を使っている可能性があります」

「やっかいな魔法？」

「そう。魅了という魔法です。ただフラット殿下をあそこまで心酔させたのが魔法だとしたら、魔道具なしでは無理だろうと思うんですが、ちょっと今はまだどれが魔道具なのかがわからないのですよ」

「魔道具？　そんなものがあるの？　あなたなんでそんなものに詳しいのよ」

「俺はブレイス商会の息子ですよ？　商売柄この国にあるものだけでなく、外国の物にも詳しいんです。うちはありとあらゆる物を輸入していますからね。で、ちょっと遠い外国には便利な魔道具を普通に使っている国もあるんです」

ギャレットが、なんだか誇らしげに胸を張って言った。

たしかにブレイス商会といえばこの国最大の商会で、この国の物流の隅々にまでその息がかかっているとも言われている大店《おおだな》である。だからもちろんありとあらゆる物の輸出入にも関わっている。

しかしその中に魔道具とやらも入っていたとは。

「そうなの？　でも我が国の貴族はそんなもの買わないでしょう。持っているだけで王家から反逆心を疑われそう」

「それなんですよねえ。だから需要《じゅよう》がなくて、あんまり輸入できない。高価だから普通の庶民では買えないし。面白い便利な物がたくさんあるのに、ほんともったいないんですよ」

ギャレットが、すっかり商人の顔をして残念そうにしていた。

アスタリスクたちのような貴族が王家から睨まれるのを恐れて魔法やその関連のものから距離をとろうとしているのとは全く反対の、肯定的な考えにアスタリスクは驚いていた。

「そんな面白いものがあるのね。でもあなたも気をつけてね。そんなものを好きだと知られたら、ますます貴族の生徒たちから煙たがられるわよ」

「それは全然かまわないんですよね。あなたさえ俺を嫌わなければ」

「まあ、それはないけれど。あなたは悪い人じゃない。それにわたくしの恩人みたいだし。むしろわたくしのほうこそこうして親しく話してくれる人はもうあなただけになってしまった。いろいろ我慢して大人しくしているのに、なぜかどんどんあなたの言う通りになっていってしまって、とうとうわたくしは学院中からやっかいもの扱いよ。なのにそんなわたくしと仲良くなんかしていいの？」

「何を言うんですか。もちろんですよ。俺は密かに、今あなたを独り占めできて喜んでいるんですから」

そう言って、ギャレットは突然アスタリスクの手をとった。そしてそのまま跪いて、アスタリスクの手の甲に口づけをして言ったのだった。

「俺は、あなたから離れません。あなたが俺を拒絶しない限り。そして最後は必ず俺があなたを救います。きっと救い出して、あなたが幸せな人生を送れるように全力を尽くします。だから俺を、信じてください」

それは、まるで誓いのように。

日を重ねるごとに追い詰められていくような気持ちだったアスタリスクは、そんなギャレットの言葉が嬉しくも頼もしかった。

なんてありがたいんでしょう。きっと彼がいなかったら、今頃の私はもっと窮地に立たされて、酷い孤独に苛《さいな》まれていたに違いない。

「ありがとう、ギャレット。わたくしはあなたを信じます。わたくしは来年もここでアスタリスク・コンウィとして生きていたい。そのためにはなんとしてでも悲惨な未来を避けなければ。それにはあなたが絶対に必要なの。だからこれからも、よろしくね？」

アスタリスクがそう言うと、ギャレットは嬉しそうにアスタリスクを見上げて笑ったのだった。

「もちろんですよ、お姫さま。お姫さまのお心のままに」

しばらくすると学院の中で、ますますアスタリスクの評判は落ちていった。

前にギャレットが言ったとおり、なぜかアスタリスクがフィーネを虐めているという噂がまことしやかに流れているらしく、さすがにアスタリスクの耳にも入ってくるようになったのだ。

どうやらアスタリスクはフィーネが一人でいるときをみはからって、庶民上がりの男爵令嬢には王子に近づく資格はないと怒ったらしい。

それは実はアスタリスクもちょっとだけそう思っているが、もちろん誓って直接フィーネにそんなことを言ったことはない。

またあるときは、フィーネ嬢が歩いているときにわざと転ばせたとか。

あらいやだ、わたくし、そんな子供みたいな意地悪なんてしないのに。

でもなぜか周りの生徒たちはそんな噂を信じているみたいで、ますますアスタリスクに冷たい視線を向けてくる。

仕方がないのでアスタリスクはさらに心を閉ざし、ただひたすら勉強に集中するようになっていた。そして黙々と日々を送る。

たまに仲良く一緒に歩いているフラット殿下とフィーネ嬢、そしてその取り巻きたちの楽しげな声や姿を見かけたりもするけれど、別に羨ましいとも思わない。

とにかく、近づかない。

隙を見せない。

言いがかりをつけさせない。

なのになぜか周りはますますアスタリスクのことを意地の悪い人間だと思っているようで、たまに、

「どうしてあんな平気な顔をしていられるんだ。全部バレているっていうのに」

「厚顔無恥《こうがんむち》とはまさにこのこと。きっと自分は偉いから何してもいいと思っているに違いない」

などの言葉が聞こえてきたりもする。でもそんなときにうっかりアスタリスクがその人のほうに視線をやると、

「自分のやったことを棚に上げてこっちを睨むなんてあり得ない！　本当にたちが悪い」

などと言われるので、今ではとにかくひたすら我慢して無視するようにしていた。

悪かったわね、目つきがきついのは生まれつきなのよ。ふん。

そう心の中で悪態をついて、あとは忘れるしかないのだ。

アスタリスクの顔は幼い頃から整っているほうだったが、それは庇護欲をかき立てるような可愛いと言われるタイプではなく、いわゆるきつめの美人という表現が相応しい容姿だった。

でもこの顔が、ギャレットの言うには、「悪役令嬢らしい容姿」なのだという。

なによその「悪役令嬢らしい」って。全くギャレットも、嬉しそうに言うわりには褒めているの

か貶《けな》しているのかわからないわよね……。

でもそう言って笑い合える相手がいることが、今やアスタリスクの唯一の救いになっていた。

一人でも味方がいるということが、これほど心強いとは。

そんなことをしみじみと思っていたところだったから、突然、自分を信じてくれていると思っていた家族までもがアスタリスクに文句を言いに来たときには、さすがにアスタリスクもショックを受けてしまった。

「姉さま！　姉さまはどうしてフィーネ嬢に意地悪をするのです？　たしかに彼女はフラット殿下に気に入られています。でもそれはフィーネ嬢が悪いんじゃない。彼女が誰からも好かれる素晴らしい人だからです。なのに姉さまが彼女のことを睨んだり意地悪を言ったりするから、彼女はとても傷ついているんですよ！」

一学年下の弟のセディユが放課後にやってきたと思ったら、そんなことを言い出したのには驚いてしまった。

「セディユ、一体どうしたの？　私は何もしていないわ。会話もしていないのに、どうして私が意地悪を言えるの？」

「姉さま……。姉さまがそんな嘘を吐くような人だとは知りませんでした！　フィーネ嬢は本当に純粋で清らかな人なんです。なのにそんな人を虐めるなんて……。姉さまは我がコンウィ家の人間として恥ずかしくないんですか？　姉さまの弟だというだけで、僕は今、とても恥ずかしい。お願いですからもう彼女を虐めるのはやめてください！」

「だから、そんなことは何もしていないのよ。だいたいどうして私がフィーネ嬢を虐めないといけないの？」

「姉さまはフラット殿下の婚約者じゃないですか。なのに姉さまより殿下と仲良くしているのが気に食わないって、フィーネ嬢に言ったんですよね？　でもフラット殿下がフィーネ嬢に惹《ひ》かれているだけですから、フィーネ嬢は何も悪くないんです！　なのにそんなフィーネ嬢を虐めるなんて、僕は姉さまを見損ないました！」

「ええ!?　セディユ!?」

しかし、今までずっと姉が大好きだったはずの弟セディユはそう言うだけ言って、最後は「ではお願いしましたからね！」と言い捨てて去って行ったのだった。

唖然《あぜん》とするアスタリスク。

とうとう弟までが。

そう思うと悲しくなってくる。

もう、一体どうしてこんなことになるの……。

驚きが去ると、今度はなんだか途方に暮れてしまった。

ギャレットの言う「しなりおの強制力」というものは、一体どこまで事実をねじ曲げるのだろう。

唖然としながら弟を見送っていたアスタリスクのことを、離れたところからギャレットがじっと

見つめていた。

第三章

魔道具と新たな味方

Chapter 3

次の日の朝。アスタリスクは森で待っていたギャレットと、セディユからの言いがかりについて改めて話し合っていた。

「こうなると、やはり魅了だと俺は思います。今まで特に関係が悪かったわけではないのに、突然家族の言うことを全く信じないでそんなことを言い出すのはさすがにおかしいでしょう」

「魅了……」

「最初は主人公補正も疑ったんですが……しかしあなたが何もしていないのにここまで悪評が広まる、しかも具体的な事例まで挙げられているとなると、やはり彼女を疑わざるを得ない。それか周りの取り巻きの誰か」

「しゅじんこう、ほせい……？」

「この世界は俺の前世で見た話と同じだと言ったでしょう？　その世界ではあなたは悪役令嬢で、フィーネ嬢がヒロイン、つまり主人公だった。そしてそういう場合はその主人公に有利なように話が進むことが多いんですよ。最初はそれも疑ったのですが」

「でもここは現実よ」

「そうですね。ですがその話と同じ展開になるように、なんらかの力が働いているという可能性もまだ否定できないと思っています。現にセディユさまも、その話の中では『宰相の息子』という立場でフィーネ嬢に惹かれていく攻略対象の生徒として出てくるのです。今、まさにその通りになっているでしょう？　そして彼がご両親にあなたの悪評を伝えるせいで、この後あなたは家族からも冷たい目で見られるようになっていくのが昔の俺が見た話でした」

「ええ、それは困るわ。じゃあ両親には私が先回りして話をしておいたほうがいいかしら。さすがに両親から冤罪で怒られるのは嫌だもの」

「それでも『シナリオの強制力』が働くと、セディユさまの言葉のほうを信じる可能性があるんですよ。ただ、もしもセディユさまが純粋にフィーネ嬢に好意を持ったのではなく、実際には魅了という魔法にかけられていたのだとしたら、対策ができます。賭けてみますか？」

そう言うとギャレットは、ポケットから一つの指輪を取り出したのだった。

銀色の金属に、何やら文様が刻まれている。

「これは何？」

「これは、大抵の魔法を無効化する魔道具です。魅了も防ぐことができるはずです。これをなんとかしてセディユさまに渡してくれませんか。できるだけ早く。この指輪に触れれば、その人にかけられている魅了などの魔法はいったん無効にできるでしょう。そのとき、セディユさまの態度が変わったら、ビンゴです。正気になった彼にはこの指輪をずっとつけておくように言ってください。その後さらにかけられるであろう魅了の魔法にも対抗できるようになりますから」

「びんご……？　それはスラング？　まあ、いいわ。じゃあお母さまにお願いして、今週末にでも二人とも家に帰ることにするわ。家族水入らずで過ごすことにして、そのときに話してみる」

「お願いします。そして、あなたにはこれです」

そう言ってまた取り出されたのは、やはり指輪。

今度は金色の、飾りの全くない細い細い繊細な指輪だった。

「私に……？」

「そうです。ブレイス商会の息子から、あなたに初めての魔道具のプレゼントです。嵌《は》めてみて」

「そんな怪しげなもの、軽々しく私が嵌めるとでも？　魔道具なんてとんでもない。反逆者になってしまうじゃない」

「そこは大丈夫ですよ。これは、王に反逆できるような魔法は全く持っていないですから。あるのはちょっとした、全く害のないささやかな魔法だけです」

そう言うと、ギャレットはアスタリスクの目の前に、そのキラキラとした金属製の指輪を差し出した。

「一度嵌めたら外せないなんてことは」

「ないですよ。大丈夫、いつでも外せます。この指輪はちょっとしたお楽しみしかできないけれど、今のあなたにぴったりだと思ったんです」

何がぴったりなのか。そんなことを思いつつも、たしかにギャレットが自分を騙そうとしているとは思えなかったし、気に入らなかったら一度嵌めてからすぐに返せば良い、そう思うことにした。

アスタリスクは恐る恐るその指輪を受け取ると、そっと小指に嵌めてみた。

すると。

『あのふたり、まだいるー。なかよし？』

『昨日もいたねえ。なにかわたした。おいしいもの？』

『あれはたぶんおいしくないー。とっても固そう』

そんな他愛のない会話が聞こえてきたのだった。

思わず誰かに見られているのかと周りをきょろきょろするアスタリスク。

『ざんねんー。おいしいごはんがたべたいな』

『さっきみっつも青虫たべたのに？』

『青虫、おいしいからね～！』

「青虫!?」

アスタリスクはぎょっとして言ってから、はっと手で口を覆った。

驚きが顔に出てしまった。立派な貴族令嬢としてはたいへん不本意な動揺である。しかし。

青虫を……食べる……？

きっと今、アスタリスクはとても嫌そうな顔をしているだろう。自覚はあった。でも止められない。嫌なものは嫌。

ああ想像してはだめ……！

「ん？　青虫の話でも聞こえました？　今聞こえているのは……鳥の声か。ということは、鳥たちが青虫を食べた話でもしていましたか？」

そう言いながらにやにやしているギャレットに驚いたアスタリスクだった。

「鳥!?　なんで鳥？」

「実は種明かしをすると、その指輪はテイマーが使う指輪なんですよ。この前あなたに触れたときにわかったのですが、おそらくあなたにはテイマーの才能があります。だから楽しめるかと思って。テイマー、わかりますか？　動物たちを味方にして、使役できる魔術師のことですが」

「ええ？　動物を使役？　そんなことを私ができるわけないじゃない」

そう言いつつも。

『なになに、けんか？　けんかはよくないねえ』

『けんかしたら、なかなおりしないとね～』

『なかなおりなら歌だよね～～！』

『えーなんでも歌えばいいわけじゃないでしょー』

『なになに歌うのー？　じゃあごいっしょに』

『ちがーう！　ごはん！』

よく耳を澄ましてみると、かわいらしい鳥のさえずりと一緒に、そんな言葉が聞こえてくることに気がついたのだった。

重なって聞こえる……？

アスタリスクは驚いたという顔のまま、ギャレットの顔を見た。

ギャレットは、なんだか嬉しそうににこにこしながらアスタリスクのことを見ていた。

「呼んでみますか？　来るかもしれないですよ？　魔力を指輪に込めながら呼びかけてみるんです」

魔力……？

そんなものを考えたこともなければ意識したこともない。

だけれど、ギャレットに言われるがままに魔力を想像して、指輪に反対の手をあてて心を込めて言ってみた。

「鳥さん……私の所に来る……？」

「そう、そんな感じで……」

『あれ、なんか言ってる？』

『なんか言ってるね』

『なに言ってるのかな』

『さあ？　なに言っているんだろうね』

「とりさん、私のところに、来て？」

『よんでる？』

『よんでるねー』

『あぶない？』

『いったらつかまっちゃう！　あぶないあぶない』

「あら危なくないわよ。あ、ほら、ここにパンがあるから……ちぎってあげる」

準備のいいギャレットが、どこからかパンを取り出してアスタリスクに渡していた。そしてさらに声に魔力を込めろと言う。でも魔力を込めるなんてことは初めてなので、どうしていいかわからなくて雲をつかむような気がしてしまう。

でも。

『あ！　ごはんだ！』

『真っ白でふわふわだよ。おいしそうだね』

『おいしそう。たべる？』

『おいしそう！　いっちゃう？』

そんなことを言いながら、地面に少しだけ撒かれたパンに向かって恐る恐る降りてきた鳥たち。

それは。

「ああ……たしかシマエナガ……かな……？」

「そんな名前は聞いたことがないわね。でも丸くてかわいい鳥さんね」

おいしいね、おいしいねと言いながらパン屑を食べている鳥を見て、アスタリスクは久しぶりに穏やかな気持ちになれた気がした。

「この世界ではなんていうんだろうこの鳥。こんど調べてみよう。でも、この鳥たちがあなたの友だちになってくれるといいですね」

「友だち？　鳥と、友だちになれるもの？」

「きっと。あなたにはその才能があるから」

ギャレットが微笑む。

今まで考えたこともなかった話に驚いたアスタリスクだったが、それでも鳥が友だちになってくれるかもしれないと思うだけで、ちょっとわくわくした。

「友だちになれるかしら」

「きっと。その指輪があれば」

『もっとたべたいね』

『たべたいね。この人たくさんもってるよ』

『あぶない？』

『でもたべたいね』

そう聞こえてきたアスタリスクは、くすりと笑って持っていたパンを小さくちぎって手に載せて、鳥たちのほうにさしだしてみた。

「どうぞ」

すると。

『いいっていった？　たべる？』

『いいっていった！　たべる！』

『あぶなかったらにげる？』

『あぶなかったらにげる！』

そんなことを言いながらも、勇気のある二羽の鳥がアスタリスクの手にちょんと乗って、その上にあるパン屑をついばみ始めたのだった。

なんて、かわいい……。

『おいしいね！』

『おいしいね！　おいしいおやつ！』

『これはおやつ！』

警戒しつつも夢中でパン屑をついばむコロコロした鳥たちを見て、アスタリスクは心から癒やされていた。

しばらくすると、満足したらしい鳥たちは、

『おいしかった！　おやつおいしい！』

『おいしかった！　おなかいっぱい！』

と言いながら去って行った。

鳥たちとの交流にすっかり気持ちが持って行かれてしまったアスタリスクは言った。

「ギャレット、この指輪をありがとう。代金は払うからいくらか教えてちょうだい。さあ、明日からは私も鳥たちのおやつを持ってこなくっちゃ！」

「代金は気にしなくていいですよ。俺があげたくてあげたんですから。プレゼントだと言ったでしょう？　その指輪は動物の声を聞くことくらいしかできないから、もしもバレても王に反逆心を疑われることはないでしょう。単なる外国の子供のおもちゃです。そんなものであなたの笑顔が見られるのなら、安い物ですよ」

そんな、身分はないけれどたいへんなお金持ちである彼の言葉に素直に感謝して、アスタリスクはもう一度心からお礼を言ったのだった。

さあ、明日からはお散歩にも準備がいるわね！


しばらくすると、毎日せっせとパン屑を持ってくるアスタリスクに、心を許し始めたらしい鳥たちが増えてきた。

『おやつのひとがきたよ！』

『おやつのひとだ！』

『ほらあれがおやつのひとだよ！』

などと鳴きながらアスタリスクを待つ鳥が増えたような。すっかりおやつの人と呼ばれるようになったアスタリスクはそんな鳥たちに、

「おはよう、みんな。今日はパンの他に果物もあるのよ。食べられる子はいるかしら？」

そんなことを言いながら、今日も持ってきた小さな包みを開ける。

すると鳥たちが降りてきては夢中でついばむのだった。

「美味しい？」

『おいしい！』

『おいしいよ！』

『おいしいおいしい！』

なんだか会話もできるようになってきた気がする。そして同じ種類の鳥たちでも、個性があることもわかるようになってきた。

「すっかりそのシマエナガたちもあなたに懐いたようですね」

現れたギャレットが話しかけた。

『あぶない？』

『あ、よくくるにんげん！』

『あのにんげんあぶない？』

『にげる？』

とたんにざわつく鳥たちに、アスタリスクは優しく言う。

「あの人は安全よ。大丈夫。逃げる必要はないわ」

すると、

『だいじょぶ？』

『あんしん？』

『じゃあおやつ！』

そう言って鳥たちはまたパンや果物をついばみ始めた。

「もうすっかり意思の疎通《そつう》ができるみたいですね。さすがです。こんど鳥以外にも試してみるといいですよ。あなたなら、きっとたいていの動物を手なずけられるでしょう」

「まあ、それは楽しみね。今度やってみるわ。ところであなたも手なずけた人がいるのをご存じ？」

「俺が？　この学院で？」

「そう。それは――」

「はじめまして、ギャレットさん。アスタリスクの弟、セディユです。この度はたいへんお世話になりました！」

そう言って近くの木の陰から出てきたのは、セディユだった。

アスタリスクとギャレットの一学年下に在籍しているので、ギャレットは先輩ということになるのだが、もちろん普通は貴族の子弟が上の学年とはいえ平民をさん付けで呼ぶことには抵抗があるのがこの学院である。が。

「セディユが直接あなたにお礼が言いたいと言って、今日はついてきたの」

アスタリスクが鳥たちの側で微笑みながら言った。

「ということは、あの指輪は役にたったのですね？」

するとセディユがちょっと興奮気味に言った。

「はい。おかげさまで頭にかかっていた霧が晴れたようになりました。今となってはどうしてあんなにフィーネ嬢に好意を持っていたのか不思議です。まさかこの国で魔術が使われるとは思ってもいませんでした。なのにそれに気がついたあなたは素晴らしい。おかげで正気に返りました。本当にありがとうございます！」

そう言ってセディユはギャレットに向かってぺこりとお辞儀をしたのだった。

もちろん普通は平民にお辞儀をするなんていう貴族はこの学院には以下略。しかしセディユは身分に関係なく、感謝を示すために礼をしたのだった。

「本当にすっかり元に戻ったようですね。よかったです。セディユさまは話をどこまで聞いていますか？」

「おそらく大体のところは。最初は信じられませんでしたが今、姉の言った鳥と会話できる指輪の効力を見て、やはり魔道具の話は本当だったのだとわかりました。魔道具というものを初めて見ましたが、すごい効果ですね」

なんだかセディユが、ギャレットのことをキラキラした目で見ているな、とアスタリスクはこっそり思っていた。

実は魅了を解除するというその魔道具をセディユに嵌めさせるのはちょっと大変だった。

アスタリスクの頼みを聞いた母に呼び戻されて週末に実家へ帰ったアスタリスクとセディユだったが、母と一緒にお茶をしたときにもとにかく常にセディユが一方的にフィーネをどうして虐めるのかなどとアスタリスクを責め続けるので、アスタリスクはなかなか魔道具のことが言い出せなかったのだ。

幸いまだセディユの言葉を信じかねていた母にお願いして、それでやっとなんとかセディユにその魔道具に触れさせることができたのだ。

魔道具の指輪に触れた途端、なんとなくぼんやりとしていたセディユの目が生き生きとし始めたことに驚き、なんだか不思議そうな顔をして、はて、という感じで首をかしげたその様子に本当にギャレットの言うとおりに魅了の魔法がかけられていたのだとアスタリスクは理解した。

指輪に触れてからのセディユは明らかに態度が変わった。そしてその後は、アスタリスクの話も冷静に聞いてくれて、最後は信じてくれるようになった。

だから、アスタリスクはギャレットと彼が渡してくれた魔道具についても話をすることができたのだ。

セディユの態度が急変したのを母も見ていたので、そのままその日のうちに父にも話を通すことができた。両親はフィーネの存在を知らなかったので、あのままだったらきっとセディユにかけられていた魔法には気づけずに、もしかしたらしつこく何度も言われるうちに、少しはその言葉を信じていたかもしれないと言っていた。

だから、全てはギャレットのおかげ。

アスタリスクが家族の中で孤立しなくてすんだのは、ひとえに彼の渡してくれた魔道具のおかげだといえた。

「ありがとう、ギャレット。あなたのおかげで私は家族の誤解をなくすことができたの」

「そのとおりです。ありがとうございます、ギャレットさん。まさか僕が変な魔法にかけられていたなんて……。あなたのおかげで僕は自分をとり戻すことができました。このお礼はなんでもさせていただきます！」

セディユもキラキラとした目でギャレットにそう言ったのだった。

どうもセディユとしては、魅了などというふざけた魔法をかけられていたことに、いたくプライドが傷つけられたようだ。そしてその分それを見抜いて解除もしてくれたギャレットを尊敬し始めたのかもしれない。

そんな純粋な目を向けるセディユに、ギャレットはにっこりと笑顔で言った。

「おや、そうですか？　それは嬉しい言葉ですね。ではセディユさま、ちょっと協力していただけませんか？」

そう言ったときのギャレットが、なんだかちょっと悪い顔をしているな、とアスタリスクは思った。

でもこれが初めての出会いであるセディユは全くなにも感じなかったようで。

「はい！　もちろんです！　僕にできることならなんでも言ってください！」

「ではセディユさまはこれからも、このままぜひフィーネ嬢の取り巻きとして頑張ってください」

「えっ!?」

「いやあよかったです。平民の俺ではフィーネ嬢に全く近づけなくて困っていたんですよ。それに比べてセディユさまなら完璧です。なにしろ本来の攻略対象ですからね！　ぜひ、卒業パーティーまでフィーネ嬢の近くで盛大にちやほやして気に入られてください」

そう言ってギャレットが心から嬉しそうにしているのを、戸惑いしかない顔の弟とともにアスタリスクはちょっぴり複雑な気持ちで眺めていたのだった。

後にアスタリスクは、まさにこのときが、後にセディユがギャレットの下僕となることが決まった瞬間だったのではと回想することになる。

その後セディユはしばしば、

「僕はなんであのとき、何も考えずに軽々しくなんでもするなんて言ってしまったのだろう」

と疲れた顔でぼやき、

「……なんであれあなたが約束したことなのですから、辛くても頑張って……」

と慰めるアスタリスクとの会話が何度か繰り返されることになる。しかし、

「そうですね、僕が姉さまを不幸にさせるわけにはいきませんから……」

そんな言葉を弱々しく吐き、重い足取りで寮の自室へと帰っていくセディユの後ろ姿はしょぼくれていた。

好きでもない相手に心にもないおべっかを言い続ける生活というのは、どうやら名門公爵家の嫡男としてちやほやされプライド高く育った彼にはそれは辛いようで。

ああ、可哀相なセディユ。

でも彼の協力があるほうが、きっとアスタリスクが追放を免《まぬが》れる可能性が高くなるというのは三人一致している考えなので、アスタリスクも辛いならもうやらなくてもいいとも言えず、ついいつも祈るような気持ちで見送るアスタリスクである。

しかしそんなセディユもギャレットが持っている魔道具にはとても興味があったらしく、アスタリスクに隠れて、心がやさぐれるたびにギャレットにも文句を言いに行くという口実でこっそり会いに行っては魔道具を見せてもらっていたようだ。

それを後から知って、結構ちゃっかりしている弟だと感心したのはまた別の話。

もちろんそんな行動にはリスクがあった。

しかしギャレットが言うには、彼が持っている魔道具はちゃんと正規に輸入したものばかりで、国の承認も得ているので大量に所持しなければ問題ないらしい。

それに所有者はギャレットなので、何かあってもギャレットがブレイス商会とともに全責任を負うと言う。

そんな彼の様子からアスタリスクが思ったのは、どうもその魔道具たちは、単なるギャレットの趣味なのではないかということだ。

アスタリスクが魔道具の指輪を気に入り、セディユが目をキラキラさせて魔道具を見つめているうちに、だんだんギャレットが妙にうきうきと嬉しそうに、やたらといろいろな魔道具をアスタリスクたちに紹介するようになったのだから。

「なに、世の中にはこんなにたくさんの魔道具があるの？」

と呆れるアスタリスクに、ギャレットはいつも朗らかに笑って答える。

「だって便利じゃないですか。便利なものは誰だってほしいから開発されるんですよ。全ては需要と供給なのです。人の欲望は果てしないですからね」

そう言いながら、あれこれと他愛のない魔道具をじゃらじゃら取り出しては見せてくれるギャレットに、アスタリスクは少々呆れてしまった。

そんなまるでおもちゃみたいに……。

たしかアスタリスクの父が、どんなささやかな魔道具でも馬車が買えるくらいには高価なはずだと言っていた。ということは。

さすがブレイス商会、その財力は公爵令嬢のアスタリスクでさえ驚くほどということだろう。下手すると国を動かせるかもしれない。

しかもその魔道具たちを、ギャレットは易々と作動させていた。

ということは、ギャレットには、おそらく大量の魔力があるのだろう。

大量の魔力は、本来は高貴な身分の証である。

もしかしたら大金持ちのブレイス家には貴族の血が入っていて、ギャレットは先祖返りか何かなのかもしれない。そういう例も少ないとはいえあるらしいのだから。

それなのに、この学院では貴族でないというだけで他の生徒から蔑まれたり馬鹿にされたりするなんて、なんて理不尽なのかしら。

でもそんな立場を甘んじて受け入れ、しかもそのためにアスタリスクに迷惑をかけないように、今も人目を忍んで会うように配慮してくれる、そんなギャレットの人柄を知るほどに好ましいと思っているアスタリスクだった。

私だったらきっと怒ってみんなに文句を言っているに違いないわ。

しみじみそう思う今日この頃。

時が経つにつれてフラット殿下とフィーネ嬢はますますいつも一緒に過ごすようになっていたし、そんなフィーネ嬢を取り囲む親衛隊なのか取り巻きなのか、とにかく高位貴族の子弟たちの数も増えているようだった。

みんながフィーネを心優しい人だと絶賛して、あんなに可愛いくて優しいのだから、フラット殿下が惹かれるのは仕方がない、そう思っているようだった。

あんな気位の高い冷たい人間より、心優しいフィーネと結婚したほうがフラット殿下もきっと幸せになれるだろう。身分しか取り柄のない、あんな底意地の悪い女と結婚しなければならないなんて、なんてフラット殿下が可哀相なんだ。

今ではほとんどの学院の生徒たちがそう思っているように見える。

どうやら聞こえてくる話を総合すると、アスタリスクは、隠れてフィーネにしょっちゅう小言を言っているらしい。

そしてたまには平手打ちもするらしい。

それでフィーネが泣いたら、嬉しそうに高笑いもするらしい。

「高笑いって、どうやるのかしら？　こう？　おーっほっほっほっほ？」

アスタリスクはそう言って試しに笑ってみたが、

「なんだか芝居がかっていて滑稽《こっけい》ですよ。少なくとも全然嬉しそうじゃないですね」

そう言ってギャレットが鼻で笑った。

最近ではすっかりアスタリスクの評判も地に落ちて、もうこれ以上落ちようがないだろうと思われるところまで来ていた。

なので今はアスタリスクから言い出して、学院の中でも普通にギャレットと一緒にいるようになっていた。

もはや「まだ一応はフラット殿下の婚約者なのに、平民の男を侍らせている女」などと陰口を言われても、痛くも痒くもないくらいにはアスタリスクの評判は最低だった。

いまさら汚名がまた一つ増えたところで、どうということはない。

それに考えてみれば、このままギャレットの言う「しなりお」の通りになってしまうとしたら、どうせ来年の今頃のアスタリスクは身分もなく、この国にもいない。下手をすると生きてもいない。

アスタリスクは少々やさぐれ始めていた。

ギャレットのほうもこのせいで、

「評判の落ちた寂しい公爵令嬢につきまとって媚びへつらい、ちゃっかり相手をしてもらっている卑しい商人の息子」という汚名を着せられているのだが、彼がそれをぜんぜん気にしていないようなのがアスタリスクの救いだ。

彼が気にするようならやめようと思ったけれど。

でも、二人がいいならもう、二人で楽しくやればいいじゃない。べつにこそこそすることはない。友だちなんだから。

そんな開き直りとも言える境地で教室でもギャレットとよく一緒にいて、雑談をするようになったアスタリスクだった。

それでもギャレットは端から見ると常にアスタリスクから一歩引いた控えめな態度で接していたから、親友や、ましてや恋人同士に見えることはなかった。

ただアスタリスクの近くによくいて、何か用事があるときだけ働く都合のいいアスタリスクの話し相手。そんな、なんだか主人と使用人のように見える関係。

でもこの学院ではたとえ生徒同士であっても身分の差が大きい間柄ではそんな関係が珍しくないので、というよりは平民の生徒はたいてい貴族の生徒に対してはみんなそんな態度だから、たとえ周りにいろいろ言われても、本当の意味で男女としての醜聞《しゅうぶん》にはならないのだった。

もしかしたら、たいていの生徒たちには平民の生徒の存在は視界に入っても見えていないだけなのかもしれないが。だから、

「そういえばここだけの話、私、もしものときのために今のうちにそれぞれの隣国に別荘を買っておこうと思っているの。父さまが協力してくれるって。そしてもしも私が追放されてしまったらその追放先の国の別荘にとりあえず避難しようかと思っているんだけど、そんな私にちょうどいい物件はないかしら？」

「さすが姫さま、俺に聞くとはお目が高い。俺に任せていただければ、どんな物件でもご用意いたしますよ。どんなものがいいですか？　威厳漂う煌《きら》びやかな城とかどうでしょう？」

「まあ、ブレイス商会ってすごいわね。お城まで買えるの？　でもそんな大層なものはいらないわ。ただ、小さくても快適で日当たりの良いお家がいいわね。お庭に花が咲いていて、鳥が遊びに来れるような、そんなお家」

「承知いたしました。早速リストをお作りしましょう。この学院を無事卒業した暁には、遊びに行くのが楽しみになるような素敵な物件をご用意しますよ」

「そうね、本当に、無事に卒業したいわね」

そんな話をしていても二人から距離をとっている級友たちには全く聞こえていないようなので、なんだか公爵令嬢然としていることも放棄して、最近のアスタリスクは伸び伸びしているのだった。


そんなアスタリスクの教室にいる生徒たちも今や、すっかり多くの人たちが学年が下で普通の一女生徒であるはずのフィーネに心酔しているようだった。

見ているとフィーネが話しかけた生徒たちはみんなフィーネに好意を持ち、そしてフィーネに気に入られた人たちが喜んで取り巻きになっているようで、取り巻きに入れなくて悔しそうにしている人さえいるように見える。

「そういえばギャレット、あなた顔は誰よりもいいじゃない。フィーネ嬢に取り巻きに誘われたりはしないの？」

あるときアスタリスクはふとそう聞いてみた。

そう、ギャレットは、身分は低いが顔だけは抜群《ばつぐん》に整っている。その顔ならばフィーネも興味が湧くのではと思ったのだが。

でもギャレットは皮肉な笑みを浮かべて肩をすくめて言った。

「全くないですね。俺は平民ですから、きっと眼中にないのでしょう。彼女の取り巻きたちを見るとわかりますが、みんな権力者の子弟ばかりですよ。しっかり選別されています。だからこんな平民を気にかけるつもりは全くないでしょう」

「でももし誘われたら、あなたも行ってみたくなるんじゃない？」

「うーん、どうやってあの状況を作っているのかは知りたいので声はかけてほしいとは思うんですが、でももちろん行きませんよ？　あなたを一人にはしたくありませんから」

ギャレットは、どうにかしてフィーネの使っている魔道具を特定したいようだった。

彼が言うには、魔法を使うにしても魔道具があったほうがはるかに楽らしい。フィーネもおそらく魔道具を持っているだろうから、その魔道具を壊すなりしたいとのことだったが。

しかし、それを見つけるのに苦戦しているようだ。

彼に頼まれてアスタリスクが鳥たちに聞いてみたりもしたのだけれど。

『どうぐー？　どうぐってなに？　それおいしいの？』

『どのにんげん？　あー、あのきらきらしたのによくくっついてるにんげん？』

『きょうもあるいてたよー？』

『わらってたね』

『わらってたねー』

といった具合で、あまり役には立たなかった。

アスタリスクと鳥たちは、今ではすっかり意思の疎通もできるようになって、そしてアスタリスクのテイマーとしての才能のおかげか、鳥たち、特にレジェロ——ギャレットは今でもたまにシマエナガと呼ぶのだが図鑑によればレジェロという名——の、数羽がアスタリスクにとても懐いていた。

今では鳥たちは、単純なお願いごとなら聞いてくれるようになっている。

だからたまにはギャレットに頼まれたことをお願いしたりもするようになっていて。

『あすたーのおねがい？　なら、やるー！』

『あすたーうれしい？　じゃあがんばるねー！』

なんて言って張り切って飛んで行ってくれる姿が、もう可愛いったら……。

本当に、この鳥たちとギャレットがいなかったら、今頃アスタリスクはきっと毎日泣き暮らしていただろうと思う。

もう今年のアスタリスクは、散々だった。

どこに行っても冷たい視線が突き刺さり、安らげる居場所は寮の自室と学院の裏の森の中だけ。

もちろんその後もギャレットが予告する「いべんと」はいくつもあったのだが、その全てをアスタリスクは完全に無視して近寄らなかった。

反応してはいけない。どんなに屈辱的でも怒ってもいけない。それはプライドの高いアスタリスクにはとても忍耐を必要とすることではあったが、もうアスタリスクは学んだのだ。

どんなに道理を説いても、どんなに自分が正しいと思っていても、アスタリスクが何か行動を起せばその全てが悪いほうに受け取られ状況が悪くなるということを。

だったら、なにもしないのが一番。

ひたすら心を無にして、許せないことも歯を食いしばって耐えた。

突然フラット殿下とフィーネとその取り巻きたちに鉢合わせしてしまったときなども、なぜか毎回フィーネが怯えたようにフラット殿下にしがみつき、フラット殿下はそんなフィーネの肩を優しく抱きながらこれ以上ないくらいの冷たい目でアスタリスクを睨みつけるのだが、それらを全て無視して無言で脇によって道を譲った。

そんなアスタリスクの前を、ふんと鼻を鳴らして通り過ぎるフラット殿下。ちらりとアスタリスクを見て得意げな目をするフィーネ、そしてアスタリスクなんかには目もくれずに通り過ぎていく取り巻きたち。

フラット殿下とフィーネ嬢は、最近では、いつもおべっかしか言わない取り巻きたちをぞろぞろと引き連れている。

「今に見てなさい。絶対にこのままあっさりと追放なんてされてやらないんだから」

アスタリスクはいいかげん、心から怒っていた。

いまではもう、もしかしたら誰かが道理に目覚めるかも、なんていう希望も捨てた。

ならばもう、戦って勝つしかないとアスタリスクは覚悟を決めていた。

生き残るにしても追放されるにしても、しっかり戦って、やれることは全部やってやるんだから！

「その意気です。俺がきっちり決着をつけさせてあげますよ」

そう、アスタリスクには少数とはいえ、ちゃんと味方がいるのだから。

ギャレットとセディユ、そして実家にいる両親。

ただそんな心強い味方のはずの弟セディユは、己の境遇がストレスなのか最近ではこっそりアスタリスクの部屋に来ては荒れるようになっていたが。

「誰よりもフィーネさまはお可愛らしく優しいのですね女神ですか……って！　そんなわけないだろうが！　あああいっそ首を絞めてやりたい！　僕はいつまで『まあセディユさま、そんなことないんですよう～？　フィーネはまだまだなんですう』とか言うあのふざけた小娘の機嫌をとらなければならないんですかっ！」

とか言ってちょくちょく爆発するようになっていた。

なのでそんなときはアスタリスクが、

「まあ、暴力はだめよ、とても辛いとは思うけど……。でも、姉さまはあなたを頼りにしているの。

あなたの頑張り次第で、私が追放されるかどうかが決まると言っても過言ではないでしょう。あなたが頑張ってくれていることは、ちゃんとわかっているわ。本当に感謝しているの。ありがとうセディユ。とーっても、頼りになるわ……」

となだめ、その後ギャレットがこっそり目新しい魔道具を渡しながら、

「あなたは未来の宰相になりなのでしょう？　でしたら将来、敵を欺《あざむ》くこともあるでしょう。これはそのときのための修業だと思えばいいのですよ。そう、これはお姉さまの窮地を救うための尊い行動であり、あなたにしかできない役目でもあり将来のための修業でもあるのです。ああ、それでもどうしてもお辛いのでしたら、この魔道具を試してみませんか？　これは最新の魔道具で――」

と、毎回綺麗に丸め込んでその気にさせる。

そんな彼の手腕にアスタリスクは密かに舌を巻いていた。セディユの弱点を確実に把握して、潤沢な資金と言葉で上手く丸め込む。それは、おそらく商人としての素晴らしい能力なのだろう。アスタリスクはそう思うことにした。

とにかくアスタリスクが悲劇的な運命から逃れるためには、できる限りの手は打っておきたかった。使えるなら弟だってもちろんできるだけ活用、否、活躍してほしいのが正直なところ。そして実際、アスタリスクやギャレットには手に入れられなかったさまざまな情報をセディユはもたらしていた。

しかしいつまでたってもセディユは取り巻きをしているときにアスタリスクを前にすると、どう

も動揺して少々挙動不審になることが多い。だからその度にアスタリスクは不安になっていた。

おそらく姉の前でフィーネをちやほやすることが恥ずかしいのだろう。だけど。

「セディユはどうしてあんなに芝居が下手なのかしら。もう今にもバレそうでひやひやしちゃう。どうして周りはあれで騙されているの？」

あるときアスタリスクがギャレットに愚痴った。するとギャレットが苦笑いしながら答えた。

「きっとみなさん偽りの恋に目がくらんでいるんでしょうね。それにおそらく、シナリオの強制力もあるんでしょう」

たしかに今のところセディユの挙動不審は、フィーネやその取り巻きたちには実の姉と敵対することに気まずさを感じている心優しい弟の挙動ということになっているらしい。そしてそれだけでなく、どうやら実の姉を敵にまわしてでもフィーネを愛し支える誠実な青年とかいう評判を確立しているらしかった。

「あらまあ、その『しなりお』とやら、本当に素晴らしいわね」

アスタリスクは思わず天を仰いで呆れたのだった。

そうしてその後も淡々と日々は過ぎていった。

アスタリスクとギャレットは、日々学院の中で孤立しながらも最善を尽くした。

今ではお互いを一番よく理解して信頼している者同士だと、アスタリスクは思っている。

「君の笑った顔も、悔しそうにしている可愛い顔も、今は全部俺が独り占めできているのが嬉しいんですよ。しかもこんな状況の中でも俺を気にかけてくれるなんて、俺にとってはご褒美ですね」

自分の面倒な事態にギャレットを巻き込んでいるのではとアスタリスクが思う度に、天と地ほどに身分の差があるにもかかわらずとぼけた顔で彼がそんな冗談を言えるくらいには、そしてアスタリスクがそんな冗談にも朗らかに笑ってハイハイと流せるくらいには、二人は絆を深めていた。

軽口を言い合い、冗談を言い合い、二人で笑い合う日々。

こんなことにならなければ、絶対にあり得なかったであろう信頼関係を築いた二人。

今やギャレットはアスタリスクにとって、家族の次に信頼できる頼もしい親友であり戦友になっていた。

そしてとうとう、卒業パーティーの日がやって来た。

今年は王子であるフラット殿下が卒業する年なので、例年よりなお一層華やかなパーティーになるだろうと前から言われていた。

そしてその噂の通りに、とても華やかに、センセーショナルに卒業パーティーが幕を上げたのだ。

そう、それはギャレットの予言していた、アスタリスクの断罪劇の幕開けである。

そして今、まさにギャレットが予言したとおりの展開になった。

ギャレットが予言したのと一言一句違わずに、フィーネに夢中のフラット殿下は、居丈高《いたけだか》にアスタリスクに婚約破棄を宣言したのだ。

しかしもはや、その状況に動揺するようなアスタリスクではなかった。

第四章

断罪返しの先にあったもの

Chapter 4

「わかりましたわ。それでは証拠をお出ししましょう」

アスタリスクが悠然とした態度と完璧な笑顔でそう言うと、それを合図にギャレットがすっと前に出て、いつもとは違う大きな朗々とした声で言った。

「それではみなさま、あちらをご覧ください。今回特別に私の家から学院に寄付しました巨大スクリーンでございます」

すくりーん、というものがなんなのかは知らなかったが、今日の具体的な演出はギャレットに全て任せたのでそのまま見守るアスタリスク。

ギャレットが指し示した方向、会場の上部に巨大な一枚の白い紙のようなものが浮かび上がった。

「なんだ、あれは……？　浮いている……？」

フラット殿下も驚いてそのすくりーんというものに目が釘付けのようだ。

「さて今から映し出すのは、昨日の監視カメラの映像でございます」

「かんしかめ……？　なんと言った？」

フラット殿下もフィーネも、ぽかんとした顔でギャレットを見る。

今まで身分の低い庶民、アスタリスクにつきまとう卑しい商人とばかにして、おそらくまともに彼の顔を見たこともなかっただろう二人がここで初めてギャレットを認識するのね、とアスタリスクは思った。

ちなみにアスタリスクもその「かんしなんとか」は知らない。きっとじゃらじゃら持っている魔道具のうちの一つなのだろうということくらいしか。

ギャレットが妙に生き生きと語り続ける。

「監視カメラという、本日のために東方の異国から取り寄せました魔道具でございます。実はフィーネさまのおっしゃった、昨日の学院の大階段を一日中撮影しておりました。左下に日時が一緒に記録されていますので、この映像に切れがないこともご確認いただけるかと思います」

映し出された映像は時間の経過が早いようで、左下の時間がどんどん進んでいた。そして映像のほうも、学院の生徒がせわしなく現れては消え、現れては消えていく。日が昇り、そして傾いていったのが映像に映る光と影の動きでわかった。

そして左下の時間が夕方のとある時間にさしかかったとき、その映像は止まった。

ギャレットが言った。

「ここまでの中に、フィーネさまのおっしゃったような事件はなかったことをご確認いただけたと思います。さて問題はここからの映像でございます。アスタリスクさまとフィーネさまが登場なさいます」

そうしてゆっくりと、今度は普通の速さで映像が流れ始めたのだった。

アスタリスクが誰もいない大階段を一人で降りてきた。寮の部屋に帰ろうとしているところだ。

アスタリスクは昨日、たまたま係の仕事があったためにいつもより帰るのが遅かったのを思い出した。そのため、どうやらアスタリスクが帰る頃にはもう大階段には他に生徒はいなかったらしい。

と、ちょうどそのとき、階段の下からフィーネが上ってきた。後ろ姿でもわかる綺麗なストロベリーブロンドの髪が揺れている。

そういえば昨日、珍しく取り巻きのいない一人だけのフィーネに話しかけられたのだったと、アスタリスクはまた思い出している。

――アスタリスクさま、ごきげんようですう。明日は卒業パーティーですねえ。私、とっても楽しみにしているんですよう？　あっ、そういえばアスタリスクさまのエスコートは誰がされるんですかあ？

それはアスタリスクの記憶通りのフィーネの声だった。

今まで散々こちらを無視してフラット殿下や取り巻きたちを通してこちらを傷つけてきた人が、なぜそんな無邪気な顔をして突然親しげに話しかけてきたのか。

そんな怒りがつい湧いて、うっかり余計なことを言ってしまったんだっけ……。

――エスコートは特には決めておりませんわ。でもフィーネさま、普段親しくもない者に、いきなりそのような個人的なことをお聞きになるのはどうかと思いますよ。

そんなことを言ったことを、即座に後悔したのだけれど。

それをまたここで公開されてしまって、アスタリスクは恥ずかしくなってちょっと赤くなってしまった。

しかし映像は無情にも進んでいく。

——ええ～？　そんな私、悪気があったわけでは……私、アスタリスクさまのことが心配だったから、つい聞いてしまっただけなんですう……。

——わたくしは今回は卒業生を祝う立場ですから、必ずしもパートナーは必要ないかと思っております。

——えええ～？　そうなんですかあ～？　でもパーティーですよう？　……実はアスタリスクさまの弟君のセディユさまが、もちろん明日もフィーネさまと一緒にいます、なんて言ってくださったんですけどお。でももしよろしければ、私からセディユさまはお姉さまのパートナーになってくださいって願いしましょうかあ？

拳を口元に当てて、上目遣いでアスタリスクを見ていたフィーネの顔が思い出された。

そういえばあのとき、なにやら楽しそうな様子だったわね……。

——それには及びません。セディユにはセディユの希望もあるでしょうから、好きにすればいいと思います。

――そうですか……わかりました！　でも私、実は他に好きな人がいるんですぅ……。だからセディユさまの気持ちには応えられなくて、なんか、申し訳ないっていうか……。

――それはセディユの問題ですから、わたくしが干渉するつもりはありませんの。ではそろそろよろしいかしら？

――あ、そうですね！　もちろんですぅ！　ではまた明日～！

――ではごきげんよう。

――はーい、アスタリスクさま、ごきげんようですぅ！

そうして、アスタリスクは大階段を降りきって映像から姿を消したのだった。

チラリと見たら、話題に出てきたセディユが、フィーネの近くで顔を真っ赤にしていた。

「アスタリスクさま、昨日のこの場面、覚えていらっしゃいますか」

ギャレットが聞いた。

「もちろん覚えているわ。フィーネさまがわざわざ今日のパートナーのことをお聞きになったのは、フィーネさまがフラットさまのパートナーを務めるということをおっしゃりたかったのね。わたくしとしたことが察せなくて、申し訳なかったわ」

アスタリスクはとても残念そうに首を振った。

フィーネはといえば、青い顔をして、

「うそ……酷い、こんなのおかしいわ。ねえ誰か止めて？　お願い、こんなもの見たくないから！

全部うそばっかり！　ねえ、フラットさまあ……？」

と狼狽えているようだった。

しかし映像は止まらない。

フラット殿下はこの初めて見る映像に釘付けになっているようで、フィーネの言葉が聞こえていないようだ。

映像の中では、大階段に残ったのはフィーネ一人となっていた。

そしてフィーネは周りをゆっくりと見回して自分しかいないことを確認したあと振り向いた。

そしてにやりとそれはそれは嬉しそうに笑ってから、思いっきり息を吸い。

――いやー！　きゃああああああ!!

突然そう叫びながら、そのまま階段を転げ落ちていったのだった。

会場の誰もが驚愕したその瞬間に、映像を止めてギャレットが言った。

「実はこのときの状況は他のカメラからも撮影しております。今の画面が1カメ、そしてこちらが2カメ」

場面が切り替わり、フィーネの後ろから映したものになった。もちろん押したというアスタリスクはいない。

「こちらが3カメ」

場面がまた変わり、今度は横から映したものになる。フィーネがしっかりと両手を胸の前に組んで、受ける衝撃をできるだけ軽くするようにして落ちていくのが見えた。

全ての映像がことさらゆっくりと再生されて、その様子が余すところなく会場にいる人々に理解されるようにできていた。

その「かめら」というものが何かは知らないが、それがきっと、昨日ギャレットに頼まれてアスタリスクが鳥のお友だちレジェロたちにお願いして運んでもらった魔道具なのだろう。

あとでレジェロたちにはたっぷりとご褒美をあげなくては。

そんなことを考えていたアスタリスク以外の、会場中の人々はただ唖然としていたが。

ギャレットが言った。

「ご覧のとおり、フィーネさまが階段から落ちたときは、アスタリスクさまはいらっしゃいませんでした。フィーネさまがお一人で勝手に階段から落ちられたのをご確認いただけたかと思います」

そして映像はまた先へと進み始めた。

――なにごとですか!?　ああっ、一体どうしたのですか!?

フィーネが階段を落ちていくときの悲鳴と音を聞いたらしい学院の生徒たちが、何人か集まってきていた。

――あ……ありがとうございますぅ……大丈夫です……うぅ……！　ひっく、あの、私……今階段の上でアスタリスクさまとお話ししていて……ひっく、そうしたら、突然アスタリスクさまが……っ！　アスタリスクさまが後ろから突然……！　うわあぁぁん！」

そしてフィーネは助けに駆けつけた男子生徒の一人にひっしと縋《すが》って、怯えたように泣いたのだった。

——なんだって！　なんて乱暴な！　あんな高いところから落ちたら大変なことになるって、誰だってわかるのに！　僕、アスタリスクさまに抗議してきます！　いや、その前に学院に報告したほうが！

——だめ！　だめです！　そんなことをしたら私、アスタリスクさまにもっと虐められてしまうんですう！　そうでなくてもいつもいつも私のことを……っ。それにこんなことを訴えたら、アスタリスクさまは公爵家の方ですもの、きっと私が嘘をついていると言って私も私の家も潰されちゃうんですう！　前に私、本当にそう言われたんですよう……。

——でもいくら身分が高いからといって、人に怪我をさせていいわけがないわ！　これは酷すぎる！

駆けつけた女子生徒も憤慨していた。

しかしフィーネは頑なに言った。

——いいえ、それは絶対ダメなんです！　どうかお願いですから、これも内緒にしてください！　じゃないと私……私きっとこの大好きな学院にいられなくなっちゃいます……だから本当にお願いですう、内緒にしてくださ……ふえええええん！

そうしてしばらく泣いていたフィーネが泣き止んだあたりから、その映像はまた時間の流れが速くなって、とうとう誰もいない夜になったところで終わったのだった。

「あらまあ、わたくし、いつのまに極悪人になっていましたわね」

アスタリスクが呆れたように言った。

「ご覧のとおりでございます。これがアスタリスクさまが嘘を言っていない証拠でございます。この映像の中でアスタリスクさまのお名前が不当に騙《かた》られたようでしたので、今朝のうちにアスタリスクさまのコンウィ公爵家、あと危険防止策要請のため王宮にも同じものをお届けしております。王立学院の中で生徒が事故で怪我をしたとなると、問題になるでしょうから」

ギャレットが言った。

「うそよ！　こんなのうそ！　どうしてこんな酷い話をでっちあげるんですか？　公爵家ってそんなに偉いんですかっ!?　ふええフラットさまあ、フラットさまならフィーネのこと、ちゃんと信じてくださいますよねえ？」

フィーネが真っ青な顔でフラット殿下に縋った。

しかしそのとき、ギャレットが満面の笑みで言った。

「あああと今日のこの会場には、あなたの魅了の魔法に対抗する魔道具が各所に配置されていますので、あなたのいつもの魅了魔法は効きませんよ。ですからきっと殿下も冷静な判断をされることでしょう」

「えっ!?　……なにそれ酷い！　なんでそんな言いがかりまでするんですか？　それに魔法とか言

うんなら、今のも何か怪しげな魔法を使ってねつ造したんでしょう？　酷いですアスタリスクさま、こんなことまでして私を虐めるなんて……！」

「あの……」

そのとき、映像の最後にフィーネを助け起こしていた生徒たちが進み出たのだった。

「ああ、あなたは先ほど映像の中に登場された」

ギャレットがにっこりと微笑みかけて先を促した。

「あの、僕、覚えています。全くあの通りでした。どうやってかはわかりませんが、あの映像は昨日の出来事を正しく再現していました」

「僕も覚えています。本当にあの通りでした」

「私もです……驚きましたけれど、本当に私はあの通り……」

階段の下で倒れたフィーネに駆け寄っていた生徒たちが、次々と証言したのだった。

「えええっ？　みんな、なんでそんなこと言うの!?　そんな嘘を言うくらいフィーネのことが嫌いだったんですか!?　どうしてみんなで私を虐めるのぉ!?」

フィーネがそう叫んで、その場で派手に泣き出した。

フラット殿下がおろおろとフィーネと「すくりーん」を見比べている。

そのときセディユが、フィーネの後ろにいる取り巻きの男たちの中からすっと進み出て言った。

「それでは僕からもご報告します。僕はこの約半年の間、フィーネさまの近くで僕の姉アスタリスクに対するフィーネさまの虚言について調べていました。その結果、先ほどの場面と同じような言いがかりが、僕が気がついただけでも数十ありました。本日その全てをまとめた報告書と録音を、その日時と場所の記録とともに僕と姉の家であるコンウィ公爵家、そして学院長にも今朝お送りしました」

「……え？　セディユさま……？」

セディユが淡々と報告する間、フィーネは唖然としたまま固まっていた。

きっとセディユのことを、愚かな取り巻きの一人だと今までずっと侮っていたのだろう。

しかしセディユはこの半年間、アスタリスクとギャレットには愚痴や弱音を吐きながらもフィーネの取り巻きとして残り続け、ひたすらこつこつとフィーネの言動を監視して記録していたのだ。

もちろんそれを完璧にバックアップしたのはギャレットである。

ギャレットはアスタリスクのみならずセディユにも惜しみない予言と助言をしていたから、セディユはギャレットの言う「いべんと」に先回りすることができていた。

その中にはフィーネに怪しまれそうな行動もあったはずなのだが、それでもセディユは「宰相の息子」という肩書きで元からギャレットが言う主要な攻略対象だったおかげか、誰にも疑われずにその取り巻きの、特に重要な地位に易々とおさまり続けたのだ。

さすがセディユ。半泣きになっても自棄《やけ》になっても、ちゃんと仕事はできる子だった。

でもそんなセディユも今はやっとその役目を終えられると思っているのか、とても晴れ晴れとした顔でフィーネに向かって言った。

「最初に姉から話を聞いたときには驚きました。しかし姉は言われているような意地悪な人間ではありません。だから、僕は姉に協力をすることにしたのです。真実を知ろうと。フィーネさま、僕が半年前に貴女に送ったそのブローチを愛用してくれてありがとう。おかげで君の本性がよくわかったよ」

「よくも……！」

フィーネは今までよく身につけていた、大きな大きなルビーがついたブローチをその場で引きちぎるようにして外して床に投げつけた。

それはフィーネの持つ宝飾品の中で一番派手で高価なものだったから、フィーネはよくそれをつけて見せびらかしてはもっと素敵なプレゼントがほしいと暗にアピールしていたという話だ。

でももう、いらなくなったらしい。

セディユはそのブローチを拾うと、そのままギャレットに渡して言った。

「はい、ギャレットさん。用は済んだのでお返ししますね。貴重な録音宝石を貸してくれてありがとうございました。もし傷がついていたりして価値が落ちていたら、その分は父上が払います。遠慮なく請求してください。姉の名誉に比べたら、それでもはるかに安いのですから」

「いいえ、とんでもありません。これがお役にたったようで私も大変嬉しいですよ」

そう言ってギャレットは、セディユから受け取った途方もないお値段であろうそのブローチを無

造作に懐に入れたのだった。

会場の誰もが唖然とそれを見守る中、突然フィーネが、

「酷い！　こんなのありえない！　酷いわ！　みんなして私のことを虐めて！　アスタリスクさまはフラット殿下と仲良くしている私のことが、そんなに嫌いなんですね！　でもだからって、こんな場所でこんなに手の込んだことをするなんてっ……！」

と言って泣き崩れたのだが、その場でそんなフィーネを助け起こしたのはフラット殿下だけだった。

フラット殿下はアスタリスクのほうを見て言った。

「アスタリスク、私は……フィーネを信じる。今までの君の言動から考えると、君がとても狡猾《こうかつ》で性悪だからこの場でフィーネの評判を落とそうとしたと考えるのが筋だろう。私は残念だよ。君が私の妃の座を守るために、そんな平民の商人や怪しげな魔道具まで使ってこんなことをするなんて」

ぴくりとアスタリスクの眉が上がった。

「わたくしは、殿下が証拠を出せとおっしゃったから証拠をお出ししただけです。それに婚約破棄なら先ほど了承しましたので、わたくしは殿下の妃にはなりません。わたくしはただ、真実を示しただけですわ」

「嘘を吐くな！　こんな大袈裟な芝居までして、では君は何をしようとしたのだ！　可哀相なフィ

ーネをこんなに泣かせてまで！」

「わたくしは、ただわたくしの立場を守りたかったのです。コンウィ公爵家の娘としての立場を」

「なにをっ……！」

激昂したフラット殿下がアスタリスクに向かって一歩踏み出した。

するとそのときギャレットが、まるでアスタリスクを守るようにアスタリスクの前にすっと進み出て言った。

「フラット殿下、お言葉ですがこれらの魔道具は正式にブレイス商会が輸入しました正真正銘の監視用魔道具でございます。その確かな性能はブレイス商会にお問い合わせいただければおわかりかと思いますので、もしも疑う点がございましたらぜひそちらへお問い合わせください」

そう言って軽くお辞儀をする。そしてふと、フィーネのほうを向いて。

「そうそうフィーネさま、私が思うにあなたも珍しいものをお持ちのようですね？」

そう言いながらフィーネのほうにつかつかと歩いて行くと、フィーネがはっとした表情をしてフラット殿下に縋っているのとは反対の手で胸元を押さえたのだった。

「ただの平民が、私のフィーネに触れることなど許さないぞ！　不敬だ！」

などと叫んでフラット殿下がフィーネを庇ったが、そんなことは全く気にもせずにギャレットは感心したように言った。

「なるほど、ペンダントですか、なるほど……たしかにペンダントならば服の下に入れてしまえば見えないですね。しかし、あなたはなかなか危険なものをお持ちだ」

「お前！　フィーネから離れろ！　私の命令は絶対だぞ！」

「フラット殿下のほうこそ、フィーネ嬢からは離れたほうがよろしいかと思いますよ。おそらくフィーネ嬢に触れている間は、ずっとこのペンダントによる魅了がかけられっぱなしになりますから」

「なんだと!?　嘘を吐くな！　この優しいフィーネがそんなことをするはずがないだろう！」

「ふむふむ、なかなか優秀な魔道具ですね。これほどの魅了ができる魔道具はさぞかし高価だったと思いますが、一体どうやって手に入れたのでしょうか。しかし、それも今日までです。失礼」

そう言うと、おもむろにギャレットがフィーネの胸元に向かって手のひらを向けた。

するとその直後、パキッと何かがはじけるような音がしたのだった。

「えっ？」

ずっと唖然と固まっていたフィーネが不安そうな声を出した。

そんなフィーネにギャレットは、

「さてこれで、あなたの魅了の魔道具はもう使えません。まさか魅了のための魔道具は黒魔術に通じるものとして、彼の地でも禁じられていることをご存じありませんでしたか？　これは持っているだけで危険なものです。ブレイス商会では絶対に輸入も販売もしない。なのにこんなものを堂々とこの国で使われると困るのですよ。我々の商売まで疑われてしまうではありませんか」

と、やれやれといった顔で首を振りながら言ったのだった。

どうもフィーネの魅了用の魔道具がどこにあるのかがわかったので、すぐさま壊してしまったらしい。

ギャレット、仕事が早いわね。

「え……？　うそっ！」

慌ててフィーネが胸元を両手で押さえたけれど、満足げなギャレットの顔を見る限り、もう手遅れなのだろう。

フィーネは真っ青になったまま、アスタリスクの顔を見て睨んだ。

全身から怒りが感じられる。

「……公爵令嬢というだけで……ただそこに生まれたというだけで王子さまや王妃の座をもらえるなんて、おかしいじゃない。私のほうがずっと、ずうっと相応しいのに。だったら私がもらうべきでしょう……！」

フィーネの近くにいたセディユが後から言ったところによると、そう小声で呟いたらしい。

でもその言葉が、啞然とフィーネを見下ろしていたフラット殿下の耳にもちゃんと届いていたのかは誰にもわからない。

そのままフラット殿下は学院を卒業していった。

アスタリスクはまだあと二年学院に在籍する予定だし、弟セディユと同じ学年のフィーネはあと三年を残していた。

しかしあんなに沢山いたフィーネの取り巻きたちは、あのあとあっさりと解散してしまったらしい。

フィーネの実家であるスラー男爵家も、今回の騒動の責任を問われて今までの領地を取り上げられ、辺境のとても貧しい土地に鞍替えとなった。

もちろんコンウィ公爵家の逆鱗に触れた結果だということは誰の目にも明らかだった。

スラー男爵家が取り潰されなかったのは、単に最大派閥である第二王子派の人たちができるだけ早急かつ穏便にこの件を葬ろうと奔走した結果のようだ。スラー男爵には、取り潰さない代わりに今回の事は他言しないという約束でもさせたのだろう。

つまりはこの騒動自体が極力なかったことにされた。

表向きフラット殿下はアスタリスクとは性格が合わなかったとして穏便に婚約を解消したことになり、フラット殿下は誠実にコンウィ家に詫びたという公式な公表があった。

アスタリスクの父であるコンウィ公爵はもちろん激怒したが、おそらくは政治的な駆け引きの末にこの結果で手打ちにし、今までコンウィ公爵が中心人物の一人となっていた第二王子を推す派閥とは決別した形になった。

そしてそのほかの貴族たちの中でも、今回の件で第二王子を次期国王にと主張していた人たちの勢いが随分削がれたという話である。

余談として後に、その騒動のときのアスタリスクの肩の上には小鳥たちが舞い降り、この結果をまるで祝福しているように歌ったとまことしやかに語られることになるのだが、その真実は、単にアスタリスクと仲良しになったレジェロたちが、

『あの石おいたのぼくなのーおいたのーえらいー？　ほめてー？』

『ちがうよー！　場所ちがった！　えらくないよ！　なおしたのはわたしーわたしえらい？　ねええらい？』

『なんだとーぼくはちゃんとやったぞー』

『ちがうからー！　いわれたのはうえー！　あんたがおいたのはゆか！』

『おれはおいたぜ！　ちゃんとおいたぜ！』

と、ギャレットの言う「監視なんとか」を現場に運んで置いたレジェロたちが、ただ言い争いをしていただけなのだった。

もちろんアスタリスクは、後で全てのレジェロたちにお礼を言って、ご褒美にたっぷりのおやつをあげた。

最初に彼が君を救うと言ったときには信じられなかったけれど、その後彼の予言は正しいのかもしれないと思ったときの絶望感はとてつもなかった。

そして本当にフラット殿下がフィーネに夢中になり、だんだんアスタリスクが悪者だと言われ始

めたときも、ただその絶望感は増していくだけだった。

そんな中、ギャレットだけは真摯に味方になってくれたということが、アスタリスクには唯一の希望であり救いだったと、しみじみとありがたかったと思うアスタリスクだった。

断罪劇が終わって前のように穏やかな学院生活が戻ってきた学年末、いつもの森でアスタリスクは改めてギャレットにお礼を言った。

「本当にありがとう、ギャレット。感謝してもしきれないわ。あなたがいなかったら、今頃私はどうなっていたことか。それで思ったの。改めてちゃんとお礼をさせていただこうと」

けれどもギャレットはそんなアスタリスクに微笑みながら言った。

「どういたしまして。お礼なんていいんですよ。言ったでしょう？　俺があなたを救うって。今もあなたがこうして穏やかに俺に微笑んでくれている、俺はそれだけでいいんです。あなたが無事でよかった」

「あらそんな謙虚なことを言ってはだめよ。ちゃんとお礼はさせてちょうだい。どんなお礼がいいかしらと考えているのだけど、あなたの希望があればそれをと思っているの」

「でも本当に……ああ……では、今は保留にして、いつか俺のお願いをきいてもらえたら嬉しいです。俺がもうすぐこの学院からいなくなっても俺のことを覚えていて、そして俺がいつかあなたにまた会いに行ったときに、俺のお願いを一つだけきいてもらえたら」

「え……？　いなくなる……？」

アスタリスクは思いも寄らないギャレットの言葉に、ショックを受けた。

晴れて追放を免れた今、またギャレットと今までと同じように楽しく一緒に学院生活を過ごせると思っていたのに。

なのに、いなくなる……？

すうっと血の気がひくような、手に力が入らなくなるような、そんな脱力感がアスタリスクを襲った。

「実は父が、そろそろ帰ってこいと言い出しまして」

「え……？　それは、なぜ？　まだ卒業には二年もあるのに」

なぜかとても動揺して声が震えそうになるアスタリスク。

あと二年は一緒にいられると思っていたのに、まさか突然お別れを言われるとは全く思ってもいなかったのだ。というのに。

「実は一通りこの学院で学ぶ内容は俺は既に終えているのです。優秀な家庭教師がいたもので。それでも俺が父に頼みこんでここに来たのは、あなたを救うため、ただそれだけでした。そして俺のその目的は無事達成できたので、もうこれからは実家に帰って家業を手伝えと、父が」

そう言ってギャレットは、少し憂いを秘めた目でアスタリスクを見つめるのだった。

動揺してしまったせいか、震える両手をぎゅっと握りしめながらアスタリスクは言った。

「で、でも、この学院を卒業することは、社会的にもとても価値があることではないの？　貴族だってこの学院を卒業することが一人前の貴族として扱われる条件と言われているし、たとえ貴族じゃなくても、この学院を卒業したという事実が今後の生活と地位に大きく影響すると聞いているわ。なのに卒業しないで中退だなんて……。あなたのお父さまはどうしてそんなご判断を？」

「うーん、タイミングかな……。今、俺が仕事に復帰するのがベストだと判断したんでしょう」

「そんな……」

アスタリスクは話の展開に絶句した。

今までは公爵令嬢として生き残ることに必死だった。でも、これからは。

これからは、ギャレットやセディユたちと残りの学院生活を楽しめると、密かに期待していたのに。

「俺も本当はもう少し、あなたとこうして一緒にいたかったんですけどね……」

ギャレットが、アスタリスクを見て少し切なそうな顔をする。

「なんとかならないのかしら……。私はこれからの学生生活をあなたと一緒に過ごすのをとても楽しみにしていたのよ。でも、もしもあなたがそう決めたのなら私が我が儘を言える立場ではないのだけれど……」

いまやギャレットに対しては公爵令嬢としての態度などとっくに投げ捨てているアスタリスクは、正直にしょんぼりとしたのだった。

彼と過ごす時間が好きだった。

その時間は、もう少しあると思っていたのに。

「……」

「……大丈夫、わかっているわ。私が勝手に楽しみにしていただけ。でもお父さまの命令にあなたが逆らえないのもわかる。ただ……ただ、もう学院を卒業してしまったら、あなたとはこうして親しく話すこともできなくなってしまうでしょうから、ちょっと寂しくて……」

「あなたは、無事公爵令嬢という立場を守り切りました」

「そう。あなたのおかげでね。だから……ええ……あなたがこの学院から去ってしまっても、もちろん私はあなたへの恩はずっと忘れないわ。だから……いつか、あなたが立派な商人となった暁には、ぜひコンウィ家にいらしてちょうだい。もし私がそのときにはどこかの家に嫁いでいたとしても、そのときはぜひそこに来てちょうだい。あなたの言うものなら、いつでもなんでも私が買うから……」

なんだか想像したら悲しすぎて涙が出そうになるのをぐっとこらえながら、アスタリスクは言葉を絞り出した。

だって、それがこの学院を出た後の、貴族と商人の正しい関係なのだから。

この学院を一歩出たら、それが堂々と二人が顔を合わせられる唯一の関係なのだ。

高位貴族という立場では、平民と対等な付き合いをすることはできない。

それが、越えられない身分の差ということ。

だから付き合うには必ずそこに利害関係が必要だった。純粋に友情のみで付き合うなんてことは、他の貴族にはとうてい理解されないだろう。

「……じゃああなたは、俺が王でも躊躇《ちゅうちょ》するような高価なものをあなたに売りつけても、買ってくれるのですか？」

アスタリスクはこの人の、こんな皮肉な笑みさえも大好きだったと今更ながらに気づく。

「私に買えるものなら。私には、それでも返しきれないほどの恩があなたにあるのですもの」

それに自分にはそれくらいしかもう、彼と話す機会はないだろうし。

アスタリスクは彼とこうして再び親しく話す時間を得るためならば、なんでも差し出してしまうのではと思うのだった。

「……恩なんて本当に考えなくていいんですよ。あなたにこうして公爵令嬢として今まで通りに暮らしてほしくて、俺がやりたくてやったことなんですから。それともあなたは……もし本当に追放されてしまっていたら、過去を全て捨てて、たとえば平民の俺と一緒になってくれたのでしょうか」

ギャレットは、ふとアスタリスクの目をのぞき込んでそう言った。

その目はまるで、アスタリスクが嘘をついたらすぐにわかるようにとでも思っているかのような真剣な目に見えたから、アスタリスクもできるだけ真面目に考えて誠実に答えた。

「……それは……きっとできなかったでしょうね。もし私が追放されていたら、私は稀代の悪女のままであり、王子に捨てられたみじめな女であり、しかも追放された罪人なのよ？　追放されてこの国にもいられなくなったほどの悪女。そんな私がこの国最大の商会の跡取りとなんて、まず無理だわ」

「俺が無理ではないと言えば」

「それでもあなたの周りが許さないでしょう。立派なあなたに罪人は相応しくない。それにあなたのその私への同情は、いつか本当に心から愛する方が現れたときに、きっと深い後悔に変わるのよ。私のせいであなたをそんな気持ちにさせるわけにはいかないわ」

「全く同情ではないんですが」

「まあ優しいのね。でも、もし追放されたときのための準備もしてあったじゃない。そう考えると、本当に私はあなたにお世話になりっぱなしだったわ。だからもうそれ以上、あなたに迷惑はかけられなかったでしょう」

「……やはり俺の判断は間違ってはいなかったらしい。あなたは生まれながらの、そして最期まで誇り高い公爵令嬢なんだ。そして俺はあなたのそんなところが……」

なんだか少し寂しそうにギャレットが言った。

でも、アスタリスクも今ではギャレットという人をそれなりにわかっているつもりだ。

彼は、今回のことがもし不成功に終わってしまっていたら、きっと責任感からその後のアスタリスクの人生も手助けをしてくれようとしただろう。それこそ、彼ができる最大限のことを。

そんな、誠実な人だともう知っているから。

だから責任をとって本当にアスタリスクと結婚すると言い出してもおかしくはないと思ったのだ。

今のようにアスタリスクに負担をかけまいと、いかにも彼がそれを望んでいるかのようにして。

しかしアスタリスクとしては、彼がそこまで責任を感じることではないと思っていた。

だってこれは、私の人生なのだもの。ギャレットは手助けをしてくれただけで、この人生は、私が自分の責任で生きていかなければならないもの。

でも、そうか。

追放されてもされなくても、私たちここでお別れだったのね……。

そう思ったら、やっぱり涙がこみ上げてきた。

それをギャレットには悟られたくないと、とっさに下を向くアスタリスク。

「それでも、もう少し一緒にいられると思っていたから……寂しいわ……」

しばらく黙っていたギャレットは、沈黙のあとにぽつりと言った。

「……少し、父と話してみます。あなたの言う通り、本当は俺もちゃんとこの学院は卒業しておいたほうがいいと思っているので。なんとか卒業できるように話し合ってみます。それに……」

「まあ、本当に？」

現金なもので、涙がぴたりと止まった。

「はい。ただどこまで譲歩してもらえるかはわかりません。もう随分待たせてしまっているので。

それに俺も、正直なところこの学院にあと二年もあなたをこのまま残していくのは少々心配なんですよね」

「心配？　あら私は大丈夫よ。もうフラット殿下もいらっしゃらないし、誤解も解けたから」

「いや、そうではなくて……」

そう言いかけて、ギャレットはまた皮肉な笑みを浮かべた後、では早速と言ってその場を去って行ったのだった。

彼の父親は、彼の希望を聞いてくれるだろうか。

それとも今のこのときが、二人の純粋な友情の最後だったのだろうか……。

『あすたーけんかした？　いつもいっしょにいくのにー』

『あすたーげんきない？』

『あすたーげんきないねー』

『おなかすいてるのかな？』

そんなアスタリスクの周りで、レジェロたちが口々にアスタリスクを心配してくれている声が聞こえてくる。

でもそんなレジェロたちに笑顔を向ける気力も今はなくて。

ギャレットともっと一緒にいたかった。

いや、ずっと一緒にいたかった。

心の中がそんな気持ちでいっぱいなことに、アスタリスクは改めて気づいた。

言ってはいけない感情が芽生えていることに、今初めて気づいたのだ。

私は、彼のことが……。

だけれどそれは叶わない夢だった。

彼と私との間には、越えられない身分の壁がある。

それぞれに別々の、期待された輝かしい未来が用意されているのだ。

今までは、アスタリスクの未来を守るための二人の戦いだった。

その結果なんとか守り切ったその未来を、今更捨てることはもうできなかった。

我が儘を言うことはできない。

私はただ……彼の選んだ道を応援することしかできない……。

ずっと。

鳥たちが、

『あすたーげんきだしてー』

と口々に慰めてくれたけれど、それでもアスタリスクはなかなか悲しさから立ち直ることができなくて、その後も長い時間森で立ち尽くしていた。

『あすたーこれあげるからげんきだしてー』

そんなことを言いながら、レジェロたちがアスタリスクの目の前に青虫を積み始めたのを見るまでは。

「姉さま！　ギャレットさんが学院を辞めるというのは本当ですか⁉」

新学期、息せき切ってこの上級生のクラスにまで押しかけてきたセディユは、アスタリスクを教室の隅に連れて行ってからそう聞いてきた。

「なんだかお家の事情があるらしいの。私もちゃんと卒業したほうがいいとは言ったのだけれど……」

「まさか、姉さまはそれでいいのですか？」

「いいも何も……私は彼を引き留める立場にないのよ。彼にも立場や考えがあるのだから、彼の決断を私たちが寂しいという理由だけで覆《くつがえ》すことはできないわ」

「姉さま……寂しいんじゃないですか。でもそうですよね、あんなに仲が良かったんですから。なのにいきなり辞めるなんて……。あ、もしかして姉さまが必死にお願いすれば彼の気持ちも変わるかもしれませんよ？」

「ええ？　そんなことできないわ。彼に迷惑でしょう」

「……じゃあ、わかりました！　僕がします！　姉さまを悲しませるなんて許せません！　僕がギャレットさんを説得します！」

「セディユ⁉」

しかしアスタリスクが驚いて引き留めようとしたときには、セディユはもう教室から走り出して行ってしまっていた。

セディユは、それほどまでにギャレットが好きだったの……？

でもセディユがそれほどギャレットに懐いていたのがちょっとだけ微笑ましく、そして心強いと思ったアスタリスクだった。

でも考えてみたら、あの子は一体どこでギャレットをつかまえるつもりなんだろう？

ギャレットはあの日から、ずっと欠席を続けていた。

もう新学期が始まってから一週間になる。

なのにギャレットはいっこうに登校してこなかった。

その結果、一人で過ごしていたアスタリスクの元にはかつての友人だったカランド侯爵令嬢やモレンド伯爵令嬢たちが、

「アスタリスクさま、今まで私たちはアスタリスクさまを誤解しておりましたの。本当に申し訳ありませんでしたわ。あの悪女、フィーネの魔法にすっかり騙されてしまっていたようです」

と、口々に謝罪をしてきていた。

だからそれに対してアスタリスクは、

「まあ、いいのですわ。わたくしたちは魔法に対してなんの策も持っておりませんでしたもの。仕方がなかったのです」

そう言って、全てを許すことにしたのだった。

この人たちは、フィーネの魅了の魔法で感情や考えを操られていたのだ。

フィーネがアスタリスクに敵意を持っていたのなら、アスタリスクから味方を奪い、同時に第二王子派であるモレンド伯爵家やカランド侯爵家の令嬢たちをフィーネが取り込もうと考えるのは当然の成り行きだったと納得もできてしまう。

それにもしかしたら、立場が違ったらアスタリスクも同じようにフィーネの魔法にかかっていたかもしれない。

そう考えたら、ここで恨み言を言ってもお互いに気まずくなるだけで、何もよいことがないと思ったのだ。

だからこうして謝罪してくれたのなら、元通りにするべきだと思う。

アスタリスクはこの先も、この国の貴族社会で生きていくのだから。

その狭い社会であまりしこりを残すようなことはしないほうがいいと判断したこともある。

ギャレットとは違って、この貴族の子弟たちとはこの先も長い付き合いになるだろう。

だから、これで全ては本当に元通り。

そうしてフィーネが編入してくる前のときと、一見同じ生活が戻ってきたのだった。

貴族の級友たちに囲まれて、授業の合間に談笑したり、ささやかなお茶会を開いたり。正しく貴族の子弟として優雅に学生生活を過ごし、将来社交界にデビューしてからの人間関係を育む。

公爵令嬢アスタリスク・コンウィとして。

しかし学院生活は前と同じになったはずなのに、アスタリスク自身が前と同じではなくなっていることに、アスタリスクは気づいていた。

ふと見ると、クラスにほんの数人の平民の生徒が、今も教室の隅で小さくなりつつ密やかに談笑している。

今までは見えていなかった人たちだ。

貴族の生徒たちは、今もその人たちに少しも関心を払わない。

かつてのアスタリスクのように。

そんなアスタリスクの視線の先を見たのか、モレンド伯爵令嬢が言った。

「あら、あの人たち……。この前アスタリスクさまをお助けしたのが平民だったからって、最近なんだか妙に堂々としているのが気になりますわね。この学院に場違いな平民がお情けで交ぜてもらっているというのに、その自覚がないみたいでなんだか目障りですわ」

するとカランド侯爵令嬢も言う。

「でも今回のことで学びましたわ。平民も、上手く使えば便利なものだと。アスタリスクさまはとてもよい道具を手に入れられましたわね。あの男の使う魔道具？　があんなに効果があるなんて」

「……ギャレットは、道具ではないわ。信頼できるわたくしの友人よ」

「あら……そうですわね。ええそうですとも」

思わずムキになってしまったアスタリスクだった。

アスタリスクにとって今や、ギャレットこそが一番大切な人だった。

なのにそれを道具になぞらえるなんて。

二人はちょっと気まずそうにしていたけれど、アスタリスクはもう、二人と一緒に平民だからという理由で人を下に見る気持ちにはなれなかった。

「あ、でもそういえば、魔道具は魔力を持っていなければ使えないものだと聞きましたわ。ということはあのギャレットという人は、まさか平民なのに魔力をお持ちだったということですか？　彼には貴族の血が入っているのでしょうか。それともアスタリスクさまが魔力をお貸しになったとか？」

モレンド伯爵令嬢が、場をとりなすように言った。

「もちろんアスタリスクさまが魔力を提供されたのでしょう？　魔力は高貴な人物の証。魔道具を作動させられるほどなんて、おそらく貴族以外には無理でしょう。さすがアスタリスクさまですわね」

カランド侯爵令嬢も慌てた様子で追随《ついずい》する。

けれどアスタリスクは、以前は楽しめていたそんな二人との会話が今は全然楽しくないことに気がついていた。

「魔道具は、全てギャレットが作動させていたのよ。わたくしは何もしていないわ」

彼との遠慮のない、気の置けない会話が懐かしいと思いながら。

「まあ、ではあのギャレットという人は、魔力をお持ちなのですか？　驚きましたわ」

「わたくしも、平民で魔力を持っている人物は初めてですわ。平民の中にも魔力持ちがいるという話は聞きますけれど、本当だったのですね。あ、でもそういえばあのフィーネ嬢も、結局魔力があったから魔法が使えたということですものね。もしかして、だからスラー男爵が養女にされたのかしら？」

「まあ、そういうことですの？」

そんな会話をぼうっとしながら聞き流すアスタリスクだった。

そういえばギャレットには、魔力がたくさんあるようだったわね。

今までは自分が無事に断罪をやり過ごすことにばかり気がいっていて、あまり他のことは深く考えていなかったと今さら気づいたアスタリスクである。

たしかに平民にしては魔力があんなにあるなんて珍しい。

やはりブレイス商会にはすでに貴族の血が入っているのだろう。金と権力を持った平民が次にほしがるのが高貴な血だというのは、よく聞く話だ。

そんな事をつらつらと考えていたアスタリスクに、珍しい人が話しかけてきた。

「アスタリスクさま、お話中失礼します。今お話ししても大丈夫でしょうか？　実は僕たち今度の週末にクリケットの試合があるのですが、もしご興味があったら観にいらっしゃらないかと思いまして」

ちょっと緊張気味にそう話しかけてきたのは、ランドルフ侯爵家の嫡男、アーサー・ランドルフ侯爵子息だった。

今までそれほどアスタリスクと交流があったというわけではなかったが、爽やかなスポーツマンで真面目な人柄と評判のクラスメイトだ。

隣でモレンド伯爵令嬢が、きゃあっと嬉しそうに声を上げた。

貴族の跡取りが将来の結婚相手としてやたらと人気なのは、社交界でも学院の中でも変わらない。

モレンド伯爵令嬢も、そんな未来のランドルフ侯爵夫人を夢見ている沢山の令嬢たちのうちの一人なのだろう。

アスタリスクはにっこりと微笑んで言った。

「まあランドルフさま、お誘いありがとうございます。どこで試合をされますの？」

するとランドルフはぱあっと嬉しそうな顔になって場所を教えてくれた。

それは学院に数あるグラウンドの一つだった。

「アスタリスクさまが応援してくださるなら、僕はきっとはりきって活躍できると思うのですよ」

「まあお上手ですこと。ではせっかくお誘いいただきましたし週末は特に用事もありませんから、みなさんと一緒に――」

「この週末はお天気が悪いようですよ。そうでなくても最近は寒い日が多いですから無理をすることはありません。それでもどうしても行かれるというのなら、温かい格好と雨具の用意をしたほうがよいでしょう」

突然、後ろからアスタリスクの言葉を遮る声がした。

驚いて振り向くと、そこにはここ最近、全く姿を見せていなかったギャレットが立っていたのだった。

「ギャレット!?」

なんだか鋭い視線をランドルフに向けて不機嫌そうではあるが、それでも前と変わらないギャレットの姿だった。

しかしそんなギャレットを見てランドルフは、

「おや、あなたの忠実なるご友人が現れてしまいましたね。最近は見かけないのでチャンスだと思ったんですが」

と、言って苦笑いをしながら頭を掻いている。

そんなランドルフに、とってつけたような笑顔になってギャレットは言った。

「ええ、できるだけ急いで帰ってきました。アスタリスクさまの弟君であるセディユさまからも、アスタリスクさまに変な虫がつかないように見張れと言われましたし?」

「ちょっと、平民がランドルフさまになんて態度なの！　立場をわきまえなさい！　この方は平民が軽々しくそんな口をきいてもいいような方じゃあないのよ」

モレンド伯爵令嬢が、驚いてギャレットに文句を言った。しかし。

「まあギャレット、出てきたのね！　今まで一体どこに雲隠れしていたのかしら。それに登場したらいきなり私を見張るって、何事なの？　わたくしにそんな必要はないわよ？　でも、いいところに来たわ。あなたの週末のご予定は？　よかったら一緒にランドルフさまの試合を観戦しに行かない？」

この場で一番身分の高いアスタリスクがそう言ったので、もうそれ以上は誰もギャレットを非難できなくなったのだった。

ギャレットを誘ったことに、きっとモレンド伯爵令嬢もカランド侯爵令嬢も驚いていることだろう。

でも貴族の家柄の上下関係を気にする二人はアスタリスクにあえて逆らうことはしない。

それをいいことに、アスタリスクは自分の気持ちを通すことにしたのだった。

アスタリスクにとって、今では本当に一緒にいたい友人は令嬢の二人ではなくギャレットなのだから。

するとそんなアスタリスクを見て、

「おやおや、僕はうっかりお二人にデートの場を提供してしまったようですね」

ランドルフ侯爵子息がおどけたように言った。

「あらランドルフさま、コンウィ公爵令嬢ともあろう方が、平民とデートなんてありえませんわ。

ランドルフさまとならわかりますけれど」

カランド侯爵令嬢が、くすくすと笑いながら言った。

「なるほど？　では僕とも、いつかデートしていただけますか？　コンウィ公爵令嬢」

そしてカランド侯爵令嬢の言葉に乗っかったランドルフがおどけてアスタリスクにそう言うと、なぜかギャレットがその前へ進み出て言ったのだった。

「コンウィ公爵令嬢は誰ともデートはいたしません。では週末の試合の時間を教えていただけますか。ご令嬢方が観戦されるのなら、準備をしようと思いますので」

そしてなぜか微笑みながらもぴりぴりとした空気で見つめ合う男性二人。

ええ……？　そんなに真剣になるもの？

クリケットの試合を観るだけよ？


「ランドルフさまは場を和ますために冗談を言っただけなのだから、あんなにけんか腰になるなんて失礼じゃない。それに私、誰ともデートしないなんて言ってないわよ？」

アスタリスクは、ギャレットにぶつくさ文句を言っていた。

カランド侯爵令嬢とモレンド伯爵令嬢は「では週末、グラウンドでお待ちしていますね」と爽やかに去って行くランドルフを追い掛けて行った。

ランドルフはその高い地位と爽やかな容姿、そしてスポーツマンで優しいという評判で貴族令嬢

の結婚相手として、前から特にモテる男なのである。

だからもちろんあの二人も週末の彼の試合観戦に一緒に来るだろう。

二人にはぜひ頑張ってほしい。彼さえ見初めれば、モレンド伯爵令嬢もカランド侯爵令嬢も身分的にとても釣り合うお似合いの夫婦になるだろう。

なのに、ギャレットときたら。

でもなぜかギャレットのほうも、全く姿を見せなかった期間がまるでなかったかのように前と同じ、いや今は少々機嫌を悪くして、ふんと鼻で笑ってから小声で言った。

「ああいうのは最初にちゃんと断らないとつけあがるんですよ。突然親しげに話しかけてきたと思ったら、いきなり誘うとか。なのにあなたがにこにこ対応したら、あの男が勘違いするじゃないですか。見ましたか、あの嬉しそうな顔。あなたももっとちゃんと気をつけてください」

「え？　勘違い？　なにを？　彼は、たんにこれからはコンウィ公爵家とも仲良くしようと思っただけでしょう。彼の家は今までずっと中立だったから、私が第二王子であるフラットさまの婚約者だったときにはあまり近づいてこなかったのよ。でも婚約が解消になってうちが第二王子派閥から離れたから、これからは仲良くしようと思ったのでしょう。ただそれだけよ」

「は？　それだけであんなに鼻の下が伸びるわけないでしょう。あなたの目は節穴ですか。もうちょっと警戒心を持ったほうがいいですよ」

「あなたは一体何を言っているの……。いい？　貴族社会には派閥があるの。カランド侯爵令嬢のお家もモレンド伯爵令嬢のお家も第二王子派だったから今まで私と仲良くしていたの。今は単にその名残でたまに一緒にいるだけよ。でもこれからはいろいろと私の周りの人間関係も変わっていくと思うわ」

どうも貴族の力関係や派閥についてわかっていないらしいギャレットに、アスタリスクは説明することにした。

「それは、フラット殿下と婚約を解消したからですか？」

「そう。私の父であるコンウィ公爵は、今回のことで第二王子を推す派閥からは抜けたの。今は表向きは中立だけれど、父が今後どういう態度に出るかで貴族のいろいろな力関係が変わる可能性があるのよ。だから私の周りもこれからは変わっていくでしょうね。今日のランドルフさまの目的が、中立になったうちと単に仲良くしたいのか、それとも父が第一王子派閥に近づくつもりがあるのかを探ろうとしているのかまではわからないけれど」

「でもさっき一緒だったお友だちは前と変わっていないように見えましたが。今も第二王子派閥ですよね？」

「多分宰相である私の父を敵にはしたくないのでしょう。だから無難にあまり前と変わらずに仲良くしておこうというところじゃないかしら。それとも見張っているのかしら？　だからもし今後父が第一王子を推すような発言をしたら、きっと離れていくと思うわ。もう今でも前のようにべったりではなくなっているし。貴族の家の子供は家の意向を無視できないのよ」

「そしてこれからはあのランドルフみたいなのが近づいてくるんですね？」

「そういうこと。彼の家は、今までずっと中立を保っていた数少ない家だから、あちらも仲間を増やしたいのかも。そして実は今、第二王子派閥から抜けたばかりの我が家も味方は多いほうがいい。だからランドルフさまが誘ってきたなら、それに応えて仲良くなっておくのもいいことなのよ」

「俺は気に食わないですけどね」

「どうして？　メリットばかりじゃないの」

なぜかぶすくれるギャレットを、目を丸くして見るアスタリスク。

しかしぶすくれたままギャレットは言った。

「ふん、やっぱり帰ってきて正解だったようですね。どうもあなたの目は節穴だし、そうでなくても無防備すぎる。これからはあのランドルフみたいなのが他にも出てきそうだし」

「なによ節穴とか無防備とか。失礼ね！　でも、帰ってきたということは、学院にまだ通い続けられるようになったということ？」

「はい。父の説得はちょっと大変でしたが、まあなんとか卒業を条件にしばらく残れることになりました」

「まあ！　それはよかったわ！　この学院を卒業できるなら卒業しておいたほうが絶対にいいもの！」

思わずぱあっと嬉しそうな顔をして言ってしまったアスタリスクだった。

「そこは父も理解してくれました。では卒業しておけと」

ギャレットもそう言って、嬉しそうに笑う。

なんだか心からほっとしたアスタリスクだった。

「本当によかったわ。また一緒に学院生活が送れるわね」

「はい。ということで手始めとして、さっきの試合観戦、俺も行きますから」

ぐいと顔を近づけて、妙に迫力のある笑顔になったギャレット。

その近さに驚いて、アスタリスクは思わず顔が熱くなってしまった。

「あああなた、クリケット好きだったの？」

「は？　ぜんぜん？」

じゃあ、なぜ？

とは思ったものの、なんだかいろいろ嬉しかったりドキドキしたりしていたら聞きそびれてしまった。

でもギャレットと、もう少し一緒にいられる。

それが本当に嬉しくて。

不機嫌そうにランドルフのほうを睨んでいるギャレットの横で、アスタリスクは嬉しくてついにこにこしてしまったのだった。

週末はギャレットの心配していたとおりあまり天気がよくなかったが、雨はかろうじて降ってはいなかった。

「お天気はなんとかもったみたいね、よかったわ。あら、もう始まっているのね！」

カランド侯爵令嬢やモレンド伯爵令嬢と一緒にそんなことを話しながらグラウンドに着いたアスタリスクは、そこに立派なテントが張ってあることに驚いた。

そして先に着いていたギャレットが、

「アスタリスクさまのお席はこちら、お嬢さま方のお席はこちらにご用意しました。そしてこちらは膝掛けです。観戦には今日は少し肌寒いですから、お使いください」

などと言ってその場を仕切り始める。

「もしかして、これ、ギャレットが準備したの？」

「あなたに風邪をひかせるわけにはいかないですからね。ブレイス商会から最高級のテントを学院に寄付させました。あと魔道具のヒーター、空気循環のための扇風機、保温ポットもありますからいつでも温かいお茶も飲めますよ。ところでその椅子の座り心地はどうですか？」

「ありがとう、とっても快適よ。でもそれよりその仰々しい魔道具たちに驚くんだけど」

「それはよかったです。あなたのために用意したかいがあったというものですよ。ああ、ご希望なら全てお売りもしています。魔道具は魔力を込めなければなりませんが、安心安全の快適道具でございますよ。保証は一年、その後のメンテナンスもお任せください」

「ギャレット……さすがブレイス商会……。ええと、ありがとう、大丈夫よ」

「それではごゆっくりご覧ください」

そう言ってギャレットは、アスタリスクのすぐ後ろに控えるように立ったのだった。

「ギャレット、あなたも一緒に座って観戦すればいいじゃない」

見えない場所に立っていようとも、ついギャレットの存在を意識してしまって落ち着かない気分になってしまうアスタリスク。

だったら隣に座ってもらって、話をしながら観るのもいいかと思ったのだけれど。

「まあアスタリスクさま、平民が公爵令嬢の隣に座るなんて不敬ですわ。ギャレットさんはアスタリスクさまの近くにいさせてもらえるだけでも感謝しないと」

モレンド伯爵令嬢がすかさずそう言い出して。

「でも同じ学院の生徒同士じゃない。それにギャレットはわたくしの友人なのですから、一緒に座ってもいいと思うの」

「それでも身分の差はわきまえないといけませんわ。平民には平民の立場というものがあるのですから」

そう言って譲らないモレンド伯爵令嬢。それに対し、

「俺はここでいいですよ。あなたの風よけくらいにはなるでしょう」

と飄々とした顔で言うギャレットである。

「でも疲れるでしょうに。ギャレット、疲れたらどうぞ座ってね」

「ありがとうございます」

そう言いつつも、アスタリスクのすぐ後ろに立ち続けるギャレット。

なんだか背中が熱い。今までと違って、ギャレットの存在が妙に気になって仕方がない。

ギャレットに目くじらをたてていたモレンド伯爵令嬢やカランド侯爵令嬢は、試合が始まるとすぐにそんなことは忘れたかのようにランドルフの応援にはしゃいできゃあきゃあと声援を送り始めた。

ランドルフもたまにこちらのほうを見るとにっこりと笑って手を振ったりもするので、二人はますます応援に熱が入る。

途中で休憩に入ったのか、ランドルフがアスタリスクのいるテントまで挨拶にやってきた。

「コンウィ公爵令嬢！　そしてカランド侯爵令嬢、モレンド伯爵令嬢も、今日は来てくださってありがとうございます！　見ていてくださいね、張り切って活躍しますから！」

「ランドルフさまー！　頑張ってくださいね！　私、応援してますわ〜！」

モレンド伯爵令嬢が、体をくねくねさせながら叫んでいた。

カランド侯爵令嬢も可愛らしく手を振っている。

ランドルフ侯爵子息は、そんなモレンド伯爵令嬢やカランド侯爵令嬢に爽やかな笑顔で「ありがとうございます！」と応えてから帰って行った。

お手本のように爽やかな好青年である。これぞ貴族、これぞ紳士といった感じの人だった。

その屈託のない笑顔にアスタリスクもにこにこと手を振って見送った後に、ふと見るとギャレットがなぜかふてくされてぶすっとした顔でアスタリスクのことを見ている。

「ちょっと、何をふてくされてるの。ランドルフさまいい人じゃない。わざわざ挨拶しに来てくれて。まさに爽やかな好青年という感じよね」

「そこが気に食わない」

「なぜ!?」

アスタリスクにはその理屈がさっぱりわからなくて首をひねっていると、ちょうどそこにセディユがやってきたのだった。

すごく息を切らしている。どうも急いでやって来たようだ。

「あっ姉さま！　こちらにいらしたんですね！　ぼ、僕もご一緒してもよろしいでしょうかっ!?」

「セディユ!?　あなた、クリケットに興味があったの？　全然知らなかったわ」

「ああー、まあ、えーと、なくはないというか……とにかく、今日は姉さまとご一緒したいのです！」

「まあセディユさま！　ようこそ！　よろしければこちらにお座りになりません？」

モレンド伯爵令嬢がセディユに声をかけた。だが。

「ああ、いらっしゃいましたね。ではセディユさま、姉君の隣にお席を用意しますので、そちらにどうぞ。では俺はそろそろ行きますね」

ギャレットがてきぱきとアスタリスクの隣に椅子を置きながら言った。

「え？　ギャレット、行っちゃうの？」

「実は昨日、父からいきなり休日は基本、実家に帰って働けと言われてしまいましてね。どうやらこれからは平日は学院に通う代わりに、休日は実家で労働という生活になりそうです。だから今日もそろそろ家に帰らないといけなくて。残念ですが」

「まあ……それは大変ね」

アスタリスクは驚いた後、寂しい気持ちになってしまった。と、同時に一日一緒にいられると思って密かにうきうきしていた自分がいたことに気づく。

「……そんな顔をしないでください。俺の代わりにセディユさまがいらっしゃいますから」

ギャレットはそう言ってアスタリスクに微笑むのだが、残念ながらアスタリスクにとって弟はギャレットの代わりにはならないのだった。

セディユとギャレットでは全然違うのに……。

「では、失礼します！」

なのに、セディユがさっさとアスタリスクの隣に座り。

「ああーん、セディユさま……」

なぜかモレンド伯爵令嬢がとっても残念そうに身をくねらせている。仕方ないので、

「セディユ、よかったらモレンド伯爵令嬢の所にいってあげて？　なんだかあなたとお話をしたそうよ？」

アスタリスクが小声でそう言うと、セディユは必死に顔を横に振って言った。

「いいえ！　僕は姉さまと一緒にいたいのです！　姉さまお一人ではお寂しいでしょうから！」

「ええ？　別にそんなことは……。それにあなた、最近はそんなこと言っていなかったじゃないの。どうしたの、まるで小さかった頃のあなたみたいよ？」

「……いいじゃないですか……僕だってそんな気分のときもあるんですよ……」

「シスコンって言われたくないって、ついこの前まで言っていたくせに」

そう、セディユがまだ小さかった頃は、姉のアスタリスクのことが大好きなあまり今日のようによくアスタリスクについて回っていたものだった。

だけれどこの学院に入学するときに、

「もう僕は大きいのですから姉さまにくっついてなんていませんから！　僕はシスコンなんかじゃ断じてないんです！」

なんていきなり宣言して、それ以来本当にあまりべったりにはなっていなかったのだ。

おそらく誰かにシスコンと言われて嫌だったのだろうと、アスタリスクは微笑ましく姉離れした弟を見守っていたのだが。

「もう僕は大きいのですから、クリケットだって観戦するんですよ……」

と、なぜか視線を合わせずにセディユがもごもご言う。

そんなセディユやアスタリスクのことを置いて、

「それではまた来週。みなさま失礼します」

と、軽く会釈をしてからあっさりギャレットは去って行ってしまった。

その後ろ姿を見送ったセディユが、ぼそっと呟いた。

「姉さまも、ほんと面倒な人に見込まれましたよね……」

「え？　どういうこと？」

「いいえ、なんでもありません！　とにかく今日はギャレットさんに頼まれたので、僕は姉さまと一緒にいることにしたんです。ついでにこの魔道具の後片付けもするという約束もしたんですよ。だから、いいですよね？　この魔道具たちの扱いは慣れている僕じゃないと任せられないって、ギャレットさんが！　高価な魔道具を壊してはいけませんから！」

そう言って、きゅるんと見上げる弟の顔はなんだか昔の幼かったときの面影が残っているような気がして、つい。

「まあ、私はいいけれど。でも本当にあなた、魔道具が好きなのねえ」

「ああ……ええ……そうなんですよ、僕は魔道具が大好きなんです……はは……」

セディユがどうしてそんなに魔道具に惹かれるのかはわからないけれど、まあセディユがそうしたいなら好きにすればいいかと思ったアスタリスクだった。

多くの男の子が馬車や剣を好きなように、セディユは魔道具が好きだったということかしら。

男の子の趣味って、ちょっとよくわからないわね。

「クリケットの試合はいかがでした？　楽しめましたか？」

翌週、森での朝の散歩の道では、いつもと変わらずギャレットが待っていてそう声をかけてきた。

アスタリスクもレジェロたちに餌をあげながら、いつものように足を止めずに会話をする。

「そうね、結構楽しめたかしら。ランドルフさまはあの後も見事に点を入れられて、モレンド伯爵令嬢もカランド侯爵令嬢も大喜びだったわよ。スポーツ観戦もなかなか楽しいものね。隣でセディユがピリピリしていなければもっと楽しかったのだけれど」

「セディユさまは何をそんなにピリピリしていたのです？」

「理由はよくわからないの。でもランドルフさまが私に声をかけるたびに邪魔をするものだから、なんだかランドルフさまに申し訳なくて。試合後も、ぜひみなさんも一緒に打ち上げにと誘ってくださったのに、セディユが勝手に私たちはもう帰るからとか言い出しちゃって、お断りすることになってしまったのよ」

「ふむ、なるほど。それであなたは帰ったのですね？」

「セディユにそう断言されたのに私が覆すわけにもいかないでしょう。そして私が行かなければモレンド伯爵令嬢もカランド侯爵令嬢も行けないと思ってしょんぼりされてしまったの。それで二人には遠慮せずに行ってらっしゃいと、わざわざ言わなければいけなかったわ」

「あの二人はさぞ喜んだでしょうね」

「そうね。でもモレンド伯爵令嬢が本当はセディユにも来てほしかったみたいで。なのにセディユは頑なに拒否したの。魔道具をしまわないととかなんとか言って」

「セディユさまはコンウィ公爵家の嫡男でいらっしゃいますからね。セディユさまを射止めれば将来は公爵夫人ですし、それはおモテになるでしょう」

「ええ？　年下なのに!?　とは思ったけれど、たしかに一歳差くらいだったらあまりかわらない……？」

「世間ではよくある話だと思いますよ」

アスタリスクは昔の可愛かった弟と今の話のギャップに目を白黒させてしまった。

セディユはアスタリスクと一歳しか年は違わないのだが、成長が遅めでまだ幼い感じのある子だったからもっと小さい頃のイメージのままだったのだ。

「私はまだまだセディユが子供だと思っていたけれど、言われてみれば、もう恋をしてもおかしくは、ない……？」

「そうですね。そしてまだ婚約者が決まっていない少数派でもあります。恋に落ちたらそのまま婚約という流れも大いにあるでしょう。そういう意味ではあなたも同じですが。あなたは恋はしないのですか？」

そう言うとギャレットが、またアスタリスクの顔を間近に覗き込んできた。

吐息が感じられそうなくらいに近くて、びっくりして一歩後ずさってしまうアスタリスク。

アスタリスクは顔が真っ赤になっていないといいのだけれどと密かに心配してしまった。

恋って、こんな気持ちになることなの……？

実はアスタリスクはあのクリケットの試合観戦のとき、ギャレットが去ってしまった後は全く楽しめなくなってしまった。セディユはいろいろ話しかけてくれていたのに、アスタリスクはその間ずっとギャレットと一緒だったらもっと楽しかったのにとしか考えられなかったのだ。

クリケットは盛り上がっていたけれど、アスタリスクは社交上の微笑みを貼り付けたままずっと心ここにあらずで、思っていたより落胆している自分に驚いていた。

ギャレットがいないだけで、こんな気持ちになるなんて……。

そんなことを思っていたのを思い出してアスタリスクは戸惑った。

だけれど、この一年必死になって守り通した公爵令嬢という立場は、アスタリスクにとってとても重いのだ。

「私は、恋はしないわ。私はいつか父の決めた人と結婚するべき立場だから。貴族の娘というものは、生まれたときから家と血筋をつなぐ責任を背負っているのよ。好きな人と結婚できる貴族の娘なんてほとんどいない。だから恋なんてしても、悲しい思いをするだけ」

アスタリスクはギャレットの目をまっすぐに見つめ返して言った。

そしてそれは同時に、自分に言い聞かせてもいた。

貴族の娘は政略結婚が基本だ。

たとえ身分違いの恋をしても、叶わないのは火を見るより明らかなのだ。

もしもそんな気持ちが周囲にバレたらすぐさま噂になり、醜聞になり、場合によっては慌てた父親によって無理矢理他の貴族と結婚させられてしまうだろう。

もしかしたら、アスタリスクの家族はアスタリスクの気持ちを尊重しようとしてくれるかもしれない。

だけれどその結果が名門コンウィ公爵家の醜聞となり、家族が後ろ指を指されることになるのならば、アスタリスクはそんなことをして家族を悲しませたくはなかった。

それに……。

ギャレットはいつもこんな思わせぶりな態度をとりつつも、決して決定的な言葉は言わないことに、アスタリスクは気づいていた。

彼は、おそらく生粋の商人なのだろう。

世の中には貴婦人をたぶらかして高価なものを売りつけるような商人もいると聞く。

彼が絶対にそうではないという確信が持てるかというと、あまり自信はないのだった。

もちろん友人、そして商人としてはとても信頼しているし、信頼されているとも思う。

でも恋人や結婚相手としてアスタリスクのことをどう思っているのかは、確信が持てなかった。

なのにそんな状態でもしもこの恋心をうっかり伝えて、たとえばアスタリスクが身分を捨てると言い出したとしても、その結果がギャレットに驚かれ、あなたは公爵令嬢だから大切なんだと言われたらきっと立ち直れない。

それに彼がもしも本当にアスタリスクのことを愛していて一緒になりたいと思っていたのなら、アスタリスクが追放されるのをただ待って、その間に追放後の私を拾う準備をするほうがはるかに楽だっただろう。

だけれど実際は……。

だから、つまりは、そういうことだ。

彼は、アスタリスクには公爵令嬢でいてほしかった。

そしてその結果、アスタリスクは公爵令嬢としての人生を守り抜き、これからも生きていく。

だから、ギャレットの顔を間近に見てどんなに胸がドキドキしても、どんなにときめいても、この気持ちを伝えはしない。

どんなに好きでも、これは友情なのだと自分に言い聞かせて。

「さすがコンウィ公爵令嬢。素晴らしい覚悟ですね」

ギャレットがアスタリスクに顔を寄せたまま、そう言ってふっと笑った。ギャレットの吐息を感じたような気がして、心臓がどきんと大きく跳ねた。

「あの、ギャレット……ちょっと顔が近くないかしら？　最近なんだかよく近い気がするのよね。

これは適切な友人との距離かしら？」

そう、私たちは友人同士なのだから。友人同士としての付き合いを。

だけれど。

「どうでしょう？　でも俺はこれくらいの距離が好きですよ。そのほうが、あなたの綺麗な顔がよく見えるから」

そう言ってますます顔を近づけてくるギャレット。近い。とても近い。

「わわわ私の顔を褒めてくれてもダメよ。あなたがどう思おうとも、これは適切な男女の距離ではないわ。少なくとも私たち貴族の間では。だからもう少し離れてくださる？」

動揺しながらもつんつんとそう言うアスタリスクに、少しだけ顔を離してギャレットはまた笑った。

「それは残念。俺はもっとあなたの近くにいたいと思っているのに。あなたは、俺がなんのために父を説得してまでここに帰ってきたと思っているんですかね」

「もちろん、この学院をちゃんと卒業するためでしょう。私はただ……あなたが無事にこの学院を卒業するのを願っている、あなたに恩がある仲の良い友人というだけよ」

「なるほど。永遠にその気持ちは変わらない？」

「……あなたは、この学院を卒業して、ブレイス商会を継ぐのでしょう？　ここでの人脈と学歴はきっと他の商人たちとの大きな差になるわ。そしてそれはあなたの一生の宝となるでしょう。私はそんなあなたの人生を応援する良き友人になれたらと思っているの。その気持ちは、きっとずっと変わらないわ」

「……卒業まではまだ日があります。それまでにあなたの気持ちが友情以上のものに変わる可能性はゼロですか？　俺たちの気が合うのはあなたもわかっているのでしょう？　俺は、あなたのためならなんだってするでしょう。でも、あなたには少しもそんな気持ちはない？」

「私の気持ちは……どうでもいいのよ。私のコンウィ公爵の娘という立場はあなたのおかげで守られた。この公爵令嬢という私の人生は、家族だけでなくたくさんの使用人たちの人生をも巻き込むものなの。だから私が我が儘を言って家を傾かせ、使用人たちを路頭に迷わすようなことはできないのよ。私はずっとそう言われて育ってきた。いまさら……我が儘は言えないわ」

そう言うアスタリスクのことを、ギャレットは何を考えているのかわからない微笑みで、ただ見つめていた。

第五章 公爵令嬢として生きる

Chapter 5

学院で唯一の王子だったフラット殿下が卒業してしまったので、今までフラット殿下が在学中に開いていたお茶会は近年の学院の伝統になりつつあったのに、それがなくなってしまった。

元々はフラット殿下の気まぐれで始まったものだったのだが、お茶会やパーティーを開いては人間関係を作り情報を仕入れるという貴族の社交界の練習という意味では、あのお茶会が開かれていた意味はあったといえる。

だからそのことを寂しがる人たちがいて。

そしてはたと気づいたら、今やアスタリスクとセディユが、今の学院の中では一番立場的に上になってしまっていた。

その結果、コンウィ公爵家主催のお茶会を望む声がアスタリスクとセディユのところに来るようになり。

そしてそれは第二王子に派手に捨てられたとも言えるアスタリスクが、それでも立派にコンウィ公爵令嬢としての威厳と権威を示すのに効果的なことでもあった。

なのでアスタリスクは渋々ながら、アスタリスク主催のお茶会を私的に開くことにしたのだが。

「セディユも参加してもらうわよ。もちろん主催側でね」

「……はい」

自分だけが苦労するなんて許せないとばかりに弟セディユを巻き込むアスタリスク。

そしてもちろん、

「ご指定の場所の使用許可はもう取りました。ところで当日の茶器は何を使いますか？」

頼んだわけでもないのに、自然と開催メンバーに入っているギャレット。

最近のギャレットは、前にも増して平日はアスタリスクとべったり一緒に行動するようになっていた。

授業の間の休み時間も放課後も。

とにかくつきっきりで、かいがいしくアスタリスクの世話をやくギャレットである。

なぜ。

けれどもこの男、それはそれは有能で便利だった。

「茶器は家から取り寄せるわ。お母さまに手紙を書いたから、近くなったら届くでしょう。今はまず、招待状を書かなければね」

「招待するメンバー候補のリストを作成しました。最近のあなたの交友関係から、明らかな第二王子派閥の家を極力減らし中立もしくは第一王子派の家を中心にしていますが、他に加えたい、または削りたい人がいるか確認してください」

「まあありがとう、ギャレット。仕事が早くて驚くわ。なんて有能なの……でもあなた、最近そんなあなたの様子を見て、『専属執事』なんて言われているのを知っているでしょう？　いいの？　それ」

アスタリスクは感謝しながらも、ちょっと呆れて聞いた。

そう、最近は特に、本当にそんな感じなのである。

常に先回りして、細々と働いてはアスタリスクの役に立ちっぱなしなのだ、この男は。

その姿はまさに貴族の家にいる有能な執事か秘書。しかもアスタリスクにだけ世話をやくので、今ではすっかり他の生徒から「アスタリスクさまの専属執事」と揶揄《やゆ》されるほどだった。

ギャレットのことは友人として対等だと思っているアスタリスクには少々納得がいかないのだが、だからといって客観的に見ると彼の様子はまさしくその通りなので否定もできない。

だがもしもギャレットが嫌だと思っているようだったらなんとかしなければ、と思っているアスタリスクに対して当のギャレットは、

「別にいいですよ。むしろ光栄ですね。アスタリスクさまあるところにギャレットあり。いいじゃないですか、そう認識してもらえるなら」

となぜか機嫌が良いようなので、それ以上はアスタリスクも何も言えないのだ。

たしかに考えてみれば、あの断罪劇の前はどんなにべったり一緒にいてもギャレットはアスタリ

スクの影のように認識されて、ただの「まとわりついている商人」と言われていたことを考えると、「執事」は大出世なのかもしれない……けれど……？

「でも、こんなまるで使用人みたいに働いてほしいとは思っていないのよ……」

ただ横にいて私に微笑んで、そして楽しく軽口を言い合ってくれるだけで私は十分嬉しいの、とは言えないが。

しかし表向きは他の生徒たちが捉えているような「公爵家の令嬢と令嬢に取り入りたい商人」、そんな関係でいたほうが波風が立たないのもわかっていて。

だから、おそらく正しいのだ。それが二人のあるべき表向きの姿。

それに最近はよく会いに来る弟のセディユも、疑問には思っていないみたいで。

「姉さま、いいんですよ。彼は好きでやっているんですから……。むしろ姉さまは好きなだけこき使えばいいんです。それで平等だと思いますよ僕は……」

なぜかたまに複雑そうな顔と遠い目をしてそう言うのだが。

この一方的な関係のどこが平等だと思うのだろう？

たまに、弟のことがわからないと思うアスタリスクである。

しかしそんなギャレットの手際のおかげもあって、お茶会の準備は滞りなく進み、あっさりと当日を迎えたのだった。

「みなさま、ようこそ私たちのお茶会へ。短いひとときですが、楽しくお過ごしいただければと思います」

笑顔でそう挨拶するアスタリスクの後ろには、今日も当然のようにギャレットが控えている。

優雅にお茶を淹れるアスタリスクを見守る生徒たちのテーブルには、コンウィ家お抱えの料理人アンリによる渾身のお菓子たちが色とりどりに並べられていた。

去年までのフラット殿下のお茶会よりも豪華ではいけない。でも宰相家でもあるコンウィ公爵家の威光は示さなければならない。

そんな制約もあるので、今回はセディユの提案で、魔道具が取り入れられた。

いわゆるオリジナリティを出すという意図らしい。

その結果、今、各テーブルの上には精巧《せいこう》で美しい氷像が置かれ、初夏の温かい気温に爽やかな涼を運んでいた。そしてその周りには色とりどりの氷菓が並べられている。

そしてそれら全てはギャレットが用意した魔道具によって完璧に冷やされていた。

溶けることのない氷像や氷菓。なんて不思議な光景でしょう。

氷像が各テーブルの上で、日の光を受けてキラキラとした光を振りまいていた。

そしてお茶が行き渡った頃、また新しい魔道具が作動して、軽やかな音楽の後に各テーブルの上には小さなコンウィ公爵家の料理人の姿が浮き上がり、そして軽くステップを踏みながら陽気に今日提供されたお菓子たちの紹介を始めたのだった。

——みなさま本日はアスタリスクお嬢さまとセディユ坊ちゃんのお茶会へようこそ！　本日はこのコンウィ公爵家料理長アンリめが、心を込めてお作りしたスウィ〜ツたちを、心ゆくまでご堪能くださいませ〜。まず最初にご紹介しますのは——

「……セディユ、あの気難しいアンリによくあんなことをさせられたわね……」

ここの演出はセディユに任せていたので何も知らなかったアスタリスクは、コンウィ家料理長でありとてつもなくプライドの高いアンリの初めて見る愛想の良い姿を見て、心底驚いて言った。

そんなアスタリスクの隣でセディユはなんだか虚ろな目をしながら、

「ええ、はは……大変でした……。三日がかりで説得して、僕のお小遣いの二ヶ月分の誠意と、アンリ特製ピーマン定食の完食で手を打ってもらったんですよ……」

と弱々しく答えたのだった。

「ええええ!?　あんなに嫌いだったのに、ピーマンが食べられたの！　まあ、なんて素晴らしいの！　頑張ったわね！　偉いわセディユ！　お母さまも大喜びだったでしょう。でもそんな思い出しただけで泣きそうな顔をするほど嫌だったのなら、そこまでしなくても。単なるお茶会じゃないの」

「だって、ギャレットさんがあの魔道具を効果的に使うにはそれがいいって……」

「だからって……。嫌なら断りなさいよ」

「……できませんって……これも姉さまのためだと言われたら……」

「ですがさすがセディユさまですね。そんなに気難しい料理人を見事に説得されたとは。セディユさまのおかげでこの投影魔法の素晴らしさを存分にみなさまに披露できたと思います。いや素晴らしい手腕です。お約束通り、後ほど仕組みをご説明させていただきますね」

「……ありがとうございます……ええ僕頑張りました……」

なぜかセディユがギャレットの言葉を聞いたとたんに、じっとりとした目つきでギャレットのことを睨んでるような気がするのだが。

「ダメ元でご提案したかいがありました」

ギャレットのほうはけろりとした顔でにっこりと楽しそうに笑っていた。

どうも最近は、ギャレットがセディユの動かし方を完璧に把握しているような気がする。

今回のこともアスタリスクのためだと言われたのなら、セディユは断りづらかっただろう。

セディユも結構義理堅い真面目な子だから。

それに魔道具をちらつかせられると、セディユには抗えない魅力がある……？

それに対してギャレットは、きっと将来有能な商人になるだろう。年下とは言え仮にも公爵家嫡男に対してここまで影響力を持つとは。

アスタリスクは思わずギャレットにいいように翻弄されているようにも見える弟の心配をしてしまったのだった。

今まではただきゃっきゃと仲良くしているとばかり思っていたのだが。

しかしそのギャレットの思いつきとセディユの涙なくしては語れないらしい努力と献身の末に完

成したこの演出は、招いた生徒たちにはたいへん好評だったようで全てのテーブルで歓声が上がり、その後もしばらく生徒たちの話題をさらうことになる。

セディユの苦労が報われた瞬間である。

最初に奇抜な演出で盛り上がり、その流れでとても和やかで楽しい雰囲気のまま始まったお茶会も一通り落ち着いてくると、あとはのんびりとした歓談の時間になった。

アスタリスクはテーブルの間をお茶のおかわりを聞きながら、招待客と会話をして回っていた。

もちろん後ろにはなぜか頼んでもいないのにギャレットが付き従い、極力アスタリスクの手を煩わせないようにとカップの受け渡しやらなにやらと世話をやく。

これでは本当にすっかり執事か従者という感じなのだが、なんだかギャレットが楽しそうにしているせいで辞めろとも言いづらい。

しかしそんなギャレットの目つきがきつくなるときもあり。

それは、アスタリスクがランドルフの所まで来て声をかけたときである。

「今日はお招きありがとうございます。とても素晴らしいお茶会ですね。お礼に今度我が家にもぜひお茶を飲みにいらしてください」

などと爽やかな笑顔でじっとアスタリスクを見つめて言うランドルフのことを、ギャレットがアスタリスクの後ろからなんだか睨んでいるような気配がする。

でもランドルフ侯爵家とは仲良くしておきたいアスタリスクとしては、ランドルフを無下《むげ》にすることもできない。

なのでしょうがなく、ギャレットとランドルフの間に自分の体が入るように立ち位置を調整しつつ、アスタリスクは笑顔で応えた。

「まあ、ありがとうございます。ランドルフ侯爵夫人はお元気ですか？　すっかりご無沙汰してしまっていて」

「ありがとうございます。母はいつでも元気ですよ。もしもアスタリスクさまがいらしてくださったら、きっと張り切って山ほどのお菓子を並べるでしょうね。今日のような演出は難しいかもしれませんが、うちの料理人の作るお菓子もなかなかのものなんですよ」

「まあ、それは魅力的ですわね」

「お話中失礼します、アスタリスクさま、レントさまのカップがもう空のようです」

そこにまた和やかな会話をいきなりぶった切りにくるギャレット。

たしかにランドルフの向かいに座っていたレント子爵令嬢のカップが空いていた。

「まあレントさま、気が利かなくてごめんなさいね。お茶のおかわりはいかが？」

アスタリスクが慌てて声をかけると、ちょうどレント子爵令嬢はギャレットのことを見ていたようで、びっくりした様子で答えた。

「まあ、ありがとうございます。それではぜひ……。ギャレットさまもお気遣いありがとうございます！　本日のこの卓上の演出が素晴らしくて私、とても感動いたしましたの。これはギャレットさまが……？」

一生懸命勇気を振り絞ったといった健気な様子でレント子爵令嬢がギャレットに聞いた。

そんな令嬢にギャレットは、愛想の良い笑顔で答えていた。

「私は魔道具でお手伝いをしただけですよ。この演出はセディユさまが考えられました」

「まあ、ではこの魔道具たちを動かしている魔力はセディユさまの魔力ですの？　さすがコンウィ公爵家の方ですわね」

「あら、これはギャレットの魔力よね？　いつも魔力が入った状態で貸してくれるじゃない」

「まあ、ではやはり……ギャレットさまは魔力をお持ちなのですね……！」

ん？

なんだかレント子爵令嬢の目がハートになっているような……？

アスタリスクは優雅な微笑みの後ろで疑問符を浮かべていた。

それに、ギャレット「さま」……？

平民を下に見る貴族の生徒たちに、今までギャレットに「さま」をつける人はいなかったような気がするが。

「ああ、昔から魔道具が身近にあったので、自然と使えるようになっただけですよ。魔力はみなさまほどではありません」

「まあご謙遜を。魔力をお持ちだなんて、素晴らしいですわ」

なんだかぐいぐいとギャレットに話しかけるレント子爵令嬢。

熱い視線をギャレットにひたと据えて、若干頬を染めているその様子はまるで恋をしている乙女のような……？

アスタリスクはそんなレント子爵令嬢を見て、なんだかもやっとしたものを感じていた。

するとそのとき、

「まあ、レントさまだけギャレットさまとお話しするのはずるいですわ。ギャレットさま、こちらで私たちとご一緒しませんこと？」

そんな声が隣の席からもかかったのだった。

「いや、俺はアスタリスクさまのお手伝いをしていますので」

「まあギャレットさま、そんなことおっしゃらないで。あなたも今日のお茶会の参加者ではありませんか。そうですよね？　アスタリスクさま、ギャレットさまも私たちと一緒にお茶をしてもいいでしょう？」

「あら、もちろんよくってよ。ギャレット、もうわたくしのことはいいから、あちらでみなさまとお茶をしていらっしゃいな。今あちらにあなたのお茶を用意するわね」

「いや俺は」

「いいのよ。あなたも楽しんで。それにレディのお誘いを断ってはいけないわ」

それはもちろん今日のホストとしての、当然の対応だった。

それに、さすがに他の参加者の誘いを断ってまで使用人のまねごとをさせるわけにはいかないだろう。

だから。

アスタリスクはこのお茶会のために公爵家から呼び寄せた使用人の一人にギャレットのお茶を持って行くように言い、その後は一人で一通り場を回った後に自分の席に戻ったのだった。

自分用のお茶を淹れ直してから自分の席に座ると、そのまま視線は自然とギャレットの所に向かう。

ギャレットは、楽しそうに令嬢たちとお茶をしているようだ。

何人もの令嬢たちに話しかけられては、そつなく受け答えをしているように見えた。そう、とても楽しそうに。

「……姉さま、ギャレットさんを睨むのはやめましょう。それとも睨んでいるのはギャレットさんと話している相手の令嬢のほうですか」

隣からセディユがにやにやと余計なことを言ってきたのでカチンとくるアスタリスク。

「べ、別に睨んでなんかいないわよ。ギャレットも楽しんでいるようで良かったなって」

「なんて、全く思っていなそうな目でしたけど。もう少し隠しましょうか。姉さまがギャレットさんを取られたくないという気持ちもわかりますが」

「そそそそんなことないわよ。何を言っているのかさっぱりわからないわね！」

なんだかもやもやした気持ちでいるのは確かだったけれど。

でもそれをセディユに気取られるとは不覚。そんなちょっとの恥ずかしさを隠すようにアスタリスクはプリプリと怒って言った。

しかしセディユのほうは全くそんな姉の反応を気にしていないようで。

「だって姉さまは、ギャレットさんのことがお好きなのでしょう？　ですよね？」

「えええ!?　まままさか、そんなことないわ。もちろん友人としては好きだけれど、いわゆる恋愛感情とかは――」

「ありますよね？　姉さまが彼に見せる笑顔を鏡で見たことはありますか？　今度ご自分で見てみるといいですよ。家族である僕には一目瞭然です」

「なな何を言っているの。誤解よ。たしかにこんなに打ち解けられるお友だちは今までいなかったから、ちょっとは心を許しているかもしれないけれど、でもそれはあくまでお友だちとしての気持ちで」

「いいと思いますよ。僕は応援します。むしろぜひギャレットさんを好きになってください。彼は姉さまのことを……大好きみたいだし……大金持ちだし……」

「別に応援されてもどうにもならないから……」

そうだったらいいなとは思うけれど、でも……。

「僕は姉さまには幸せになってほしいと思っているんです。姉さまが彼を好きなのでしたら、僕は応援します。あの第二王子よりは彼のほうがずっとマシです」

「セディユ、なんて危険なことを言うの。もし誰かに聞かれたら」

「大丈夫ですよ。ここに第二王子派はいませんし、父さまだってもう第二王子派には戻りませんから。それはもう誰もが知っていることでしょう。それよりもギャレットさんです」

「だだだだって……彼にそんなことを言われたこともないし……」

「言われたことないんですか？」

「す、好きとかは軽く言うこともあるけれど、でもそれはいわゆる友だちに好きと言うような軽い感じで、いわゆる愛の告白みたいなのは……いっさいないわ」

もしも彼にあなたを愛していると言われたら、どんなに嬉しいだろうか。

そうは思うけれど、やっぱりどんなに思い返しても、彼は絶対に愛という言葉は口にしたことはないのだった。

「じゃあどうして彼は姉さまの近くにいるんだと思います？」

「さあ、それは彼に聞いてみないと。将来のお得意さまと仲良くしておきたいのかもしれないし、単に友人として仲良くしてくれているだけかもしれないし……あ、もしかして……」

「もしかして？」

「執事のまねごとが好きなのかも……？」

「……姉さま……？」

なんだかセディユの目が据わっているような気がするが、だってどれも否定はできないじゃないの。直接理由を聞いたことなんてないんだから。

でも。

「彼の理由はなんであれ一緒にいられるのはこの学院にいる間だけでしょうから、その間は仲良くできたらいいなと思っているわ。この先彼にはこの国一番のブレイス商会の跡取りという素晴らしい人生が待っている。住む世界が違うだけで、彼には素晴らしい未来があるのよ。だから、そんな彼の未来を私が貴族特有の傲りと権力で干渉してはいけないの」

たとえどんなに大金持ちだったとしても、平民は貴族に逆らうことが許されてはいない。

だから、公爵令嬢であるアスタリスクがギャレットに何かをお願いをしたら、それは命令と受け止められるだろう。

そう思うと何も言えなくなるのだ。特に最近は。

私を愛して。私を好きになって。

そんな正直な気持ちを、うっかりでも言うわけにはいかない。

もしも私たちの関係でそれを言ってしまったら、彼はいつもの笑顔でにっこりと笑って、そして願いを叶えてくれるかもしれない。

でもはたして、彼の本心は。

「……とか言いながら、今もギャレットさんと話している令嬢を睨んでいるようですが」

「だってあそこ、レントさままで交ざって、みんなしてギャレットを囲んでいるのよ！　ちょっと距離が近いんじゃない？　中にはさりげなくギャレットに触っている人までいるし！　なんなのあの人たち。今までは視界にも入れなかったくせに……」

今やギャレットの周りを令嬢たちが四、五人囲んでいた。

口々にギャレットに話しかけてはギャレットの言葉にきゃあきゃあはしゃいでいるのが、アスタリスクのいる場所からも見えるのだ。

「だから、ただの友人だったらそんなに怖い顔にならないでしょうって……」

セディユがやれやれという顔で言うが。

「でもギャレットが困っているじゃない。こちらからは後ろ姿しか見えないけど」

「後ろ姿しか見えないのに困っているのがわかるんですか。もうそれは愛ですね。で、それはそうと、ランドルフさまが姉さまのことをさっきからチラチラ見ているのには気づいていますか？」

「え？　ランドルフさま？　そんなはずはないんじゃない？　彼もたくさんの令嬢たちに囲まれて楽しくおしゃべりしているじゃない。こちらを見る暇なんてないでしょう」

「姉さまって、思っていたよりいろいろポンコツですよね……」

「なんですって？　失礼ね！　それを言ったらランドルフさまはあんなにモテるのに、どうしてあなたはモテないのかしら。やっぱりピーマンが食べられなければ背が伸びなくて、大人の魅力が出せないんじゃあないの？」

頭にきたアスタリスクがセディユに嫌みを言った。

実は姉弟喧嘩をしたときのアスタリスクの切り札はいつもピーマンだった。それほどセディユはピーマンが嫌いなのだ。

しかし、今回はセディユも負けなかった。

「失礼ですね。僕だって姉さまがテーブルを回っている間、沢山の令嬢から声をかけられたんですよ。でも今日はここにいなければいけないんです。姉さまのために」

「あらそれはそれは。でも、そんなに私のために我慢しなくていいのよ？　あなたも好きに行ってらっしゃい。私はもうずっとここにいるから」

「そしてギャレットさんと話す令嬢を片っ端から睨み続けるんですか」

「だだから睨んでなんかいないわよ」

「ずうっとギャレットさんのほうしか見ていないくせに、よく言いますよね」

そこで初めてアスタリスクはギャレットから目を離し、セディユのことを睨んだのだった。

セディユは優雅にお茶を飲みながらアスタリスクのほうをちらっと見て言った。

「これでも僕は姉さまの幸せを願っているんですよ。だから姉さまは姉さまの好きな人と結ばれてほしいと思っています」

「そんなことできるわけないでしょう。コンウィ家には娘は私だけ、息子はあなただけなのよ。私が良家に嫁ぐことがお父さまを助けることとなり、ひいてはあなたを助けることにもなる。貴族の娘の大事な役目じゃないの。まあ騒動を起こした私が良いお家に嫁げるかはわからないけど――」

「アスタリスクさま、ごきげんよう。ご兄弟で仲が良いのですね。羨ましいな」

いつのまに、ランドルフがアスタリスクのところに来ていた。見るとさっきまでランドルフを囲んでいた令嬢たちが、残念そうにこちらを見ている。

「まあランドルフさま、ごきげんよう。何か問題でもございました？」

びっくりしたアスタリスクは、慌ててランドルフに聞いた。と、同時に隣でセディユが不機嫌そうに言う。

「それは気づかなくてすみません、姉弟げんかの最中だったもので」

「セディユ！　なんてことを言うのあなたは！　もっとホストの自覚を持ってちょうだい」

「ああ、いいんですよ。喧嘩されていたのですか？　僕には仲良く会話をしているように見えたのですが。でも喧嘩するほど仲が良いとも言いますしね。僕に姉はいないので、セディユさまが羨ましいですよ」

ランドルフはにこにこしながらセディユに笑顔を向けている。

しかしセディユは渋い顔のまま答えていた。

「なんだか最近はその姉のせいで妙に苦労が多い気もしてますがね……。ランドルフさま、どこか問題があるようでしたら僕が対応いたします。どちらのテーブルですか？　一緒に来てくださいますか？」

「ああ、いいえ、何も問題はありません。とても楽しいお茶会ですよ。ただお二人がなんだか楽しそうに話していらっしゃったので、私も交ぜていただきたかっただけです。お邪魔でしたか？」

「ちょっと今は。まだ喧嘩が終わっていないので」

「セディユ⁉」

アスタリスクが慌てて叫んだ。そんな対応をする人が、いる？

「ああ、アスタリスクさま、いいんですよ。私が空気も読まずに声をかけたのがいけないのですから。でも喧嘩なら、一度頭を冷やすのもいいかもしれません。アスタリスクさまさえよろしければ、少し一緒に近くを散歩でもしませんか？」

「まあ、ありがとうございます。でも――」

「姉は今日はホストですので、席ははずせません！」

「えっ？　セディユ？」

「アスタリスクさま、そろそろ閉会のお時間ではないですか？」

そこに、いきなりギャレットまでが割り込んだのだった。なんだかちょっと息を切らしてすごい目でランドルフを睨んでいる。

「ギャレット。ランドルフさまはご親切にしてくださったのよ。だからそんな目をしないで。でも、あら、もうそんな時間？」

ねえ、どうして私と近い男たちはみんな無作法なの……？

アスタリスクはちょっと遠い目になりつつ時計を確認した。

たしかにそろそろ終わりの時間が近づいている。

「みなさまにお土産を渡す時間もありますので」

「わかりました！　それでは閉会にしましょう。僕が先にご挨拶をしますね」

「ではランドルフさま、そういう訳ですのでどうぞお席にお戻りください」

急いで立ち上がるセディユと、作ったような笑顔でランドルフに帰れと言い出すギャレット。

追い払われるように帰って行くランドルフの後ろ姿を見ながら、アスタリスクは言った。

「そんなまるで追い返すみたいなことをして、失礼じゃないの。せっかくお話しに来てくださったのに」

「何を言っているんです、みたいじゃなくて追い返したんですよ。隙を見せたらすぐ来るあたり、本当にしつこいな。あなたもあなたです。そうやっていつもにこにこしていたら、ああいう男が増えるじゃないですか」

なんだか機嫌の悪いギャレットである。なぜ。

「そんな、ただの世間話じゃないの。みなさん紳士的に仲良くしてくれているだけよ」

「またあなたは……」

なんだかギャレットが呆れたような視線を向けてくるのだが、アスタリスクにはさっぱり意味がわからない。

普通に貴族らしく社交をしていただけで呆れられたんだけれど、なぜなのかしら？

「それだけ姉さまが人気者ってことでもういいんじゃないですかね……」

なんだかもう面倒だとでも言いたげな顔でセディユが言った。

去年までは成績優秀だったはずなのに、どうも最近のセディユは勉強に困っているようで。

今年になってからは内容が高度になったせいか先生が代わったせいか、どうにも難しくて自分では復習しきれないと言うので週末はアスタリスクの部屋でセディユの勉強を見てあげるようになっていた。

しかし何度教えても同じ所を堂々巡りし始めた弟を見て一旦諦めたアスタリスクが、ちょうど休憩にしたところだ。

「なんでそんな投げやりなのよ……。ところでセディユ、あなた最近ギャレットと仲が良いみたいだけど、いつそんなに仲良くなったの？」

なんだか最近セディユとギャレットが一緒にいる姿をよく見かけるようになった気がしていたのをアスタリスクは思い出した。

「ああ……えっと、ギャレットさんが忙しいみたいなので、たまに僕が代われる用事があるときは代わったりしているんですよ。ほら、ギャレットさんはお仕事と学業を両立しないといけませんから」

「あなたが？」

たしかに仲の良い後輩が忙しい先輩を手伝うことはあるだろう。

でもこの学院の生徒はそれぞれの身分の差を無視して付き合うことは普通はない。だからそんな公爵令息が平民を手伝っているという関係に驚いたのだった。

それともそんな身分の差を超えた友情が芽生えたとか……？

「まあ、彼と一緒にいると面白い魔道具を触らせてもらえますし……。それにそうすることでギャレットさんが姉さまと一緒に過ごせる時間ができるのでしたら、姉さまも嬉しいかなって」

「えええその気持ちは嬉しいけれど、どちらかといえばそんな私の心配をする前に、あなたはちゃんとした成績で進級できるようにするほうが大事でしょう。未来のコンウィ公爵がお馬鹿さんでは家が滅んでしまいます。もうギャレットのことは放っておいていいから、あなたはお勉強を頑張らないと。私からギャレットに言っておきましょうか？」

「あ、いえ、大丈夫です。実はギャレットさんについては、父さまからもギャレットさんには良くしてやれと言われていまして。彼は姉さまの恩人ですからね。だから彼が辞めないようにできないか父さまに相談したときに、じゃあお前が助けてやればいいだろうと父さまが」

「え？　父さまが？」

「そうです。僕の願いなのだから、僕が協力すればいいじゃないかと言われてしまいまして。それで僕もそれもそうかと思ったので、できるだけギャレットさんが困っているときには力になろうと思っているのです。まあ全部完璧にというわけにはいきませんが」

「ギャレットはそれを了承したの……？」

平民らしく、商人らしく、いつも一歩下がってアスタリスクに付き従って今や執事呼ばわりされているあの男が、まさかセディユとそんな関係になっていたなんて。

しかし。

「もちろん僕だって姉さまが彼をなんとも思っていなかったら協力なんてしませんよ。でも、姉さまは彼がお好きでしょう？　少なくとも僕にはそう見えます。だからもっと二人には親密になってほしいんですよ。そのためには、できるだけ僕も協力しようと思ったんです」

セディユは意外にも、意志の強い瞳をアスタリスクに向けて言った。

「ええっ!?　だから本当にそんなことは……」

「あるでしょう。姉さまは好きでもない男とはあんなに毎日二人で会ったりはしないし、あんなにずっと一緒に行動もしない。それに彼といるときだけ本当に姉さまが楽しそうに笑っているのが僕にはわかります。たとえばあのランドルフさまとだったら、こんなに毎日二人で会おうと思いますか」

「……」

「だから、僕は姉さまが自分の気持ちに素直になって幸せになってくれるまで、姉さまのためにできることは頑張ろうと決めたのです。もちろんランドルフさまのことが好きなのでしたら、僕は邪魔しません。でも、姉さまの気持ちはそうではないでしょう？　それともランドルフさまのほうが好きですか？」

「ランドルフさまは、本当に単なるお友だちなのよ……」

「では、ギャレットさんは？」

「……」

その問いに、アスタリスクは答えなかった。

だって、答えはセディユの言う通りだから。

でも、それをセディユに認めるわけにもいかないのだ。

だってたとえ両思いになったとしても、結ばれるには駆け落ちしかなく。

でも私は彼の望み通りに公爵令嬢として生きていくと決めたのだし、彼もこの国最大の商会の跡継ぎという立場を捨てることはしないだろう。

「そうやって姉さまが煮え切らない態度を取っているうちに、誰か他の令嬢に彼を取られても知りませんからね。ギャレットさんが魔力を持っているという情報が、今この学院内で急速に広まっています。それがどれだけ人の目に魅力として映るのか、姉さまは本当にわかっていますか？　たとえばレントさまなんて、きっと本気ですよ」

「え？　レントさま？　レント子爵令嬢？」

「そうです。レント家は、一人娘で男の跡取りがいないじゃないですか。だから、彼女は婿をとって家を継がないといけないんです。でもレント家は領地が王都から遠い上に財政状況もあまり良くないので、婿になりたがる貴族の子息があまりいないんですよ。そこにギャレットさんです。若くて顔が良くて財力がとてつもなくあって、そして貴族の条件である魔力まで持っている。よくある身分と財産の交換相手として理想的なんです。実際に条件が完璧な上にとっても素敵〜って、この前もお友だちとはしゃいでいるのを見ましたよ」

「ギャレットが、婿入り……？」

「今は貴族でも商売する人はいますから、そういった偏見も少ないですし。もしもギャレットさんがレントさまと結婚したら、平民だったギャレットさんは子爵という爵位を手に入れ、レント家は一気に財政状況を好転させられます。レント家さえよければ別にギャレットさんがブレイス商会を継いでも別で商売しても法律的には問題ありませんし」

「えええ、でもそれを言ったら同じようなお家は他にもあるわよね？」

アスタリスクは、自分が彼と結婚するには貴族籍を放棄しなければならないのに、貴族籍を保ったまま彼と結婚できる人がいることに、今初めて気づいたのだった。そしてそんな人が何人もいることにも。

「もちろん同じような状況のみなさんがギャレットさんには大きな魔力があることを知って、彼に注目し始めています。貴族が平民を一族に迎え入れたときのデメリットは血筋の魔力が弱ること。でも彼ならば、むしろ強められる可能性まである。すでに僕のところにもギャレットさんについて質問に来る同級生の令嬢が何人もいるんですよ。それほど彼が大きな魔力を持っているということは重要なことなんです」

貴族同士ならば魔力を持っているのは当たり前だったので、うっかりアスタリスクはその点を今まで見逃してしまっていた。

でも。

彼に魔力があるということは、もし彼が貴族の家に婿入りしたとしてもその家の魔力、つまり貴族としての格が薄まらない。

魔力の素質が薄まってしまうことを比較的下の爵位の家、つまり魔力が弱めの家はとても恐れるということを、アスタリスクは思い出した。

「彼の魔力は、多分とても大きいわね……」

なにしろあれだけの魔道具を自由自在に操るのだ。生半可な魔力ではあんなに沢山の魔道具をあんなに無造作に扱えないだろう。

「そうなんですよ。そのことで今、彼は貴族の跡取り娘の婿候補として注目され始めています。姉さまがのんびりしているうちに、誰かが横からかっ攫っていっても知りませんからね！」

「でも……でもそのほうが、彼が豊かな人生が送れるのなら……私には彼にどうこうしろと言う資格はないのよ……」

なにしろアスタリスクではダメなのだ。コンウィ家にはセディユという、立派な跡継ぎがいるのだから。

だからアスタリスクの役割は、家に利益となる貴族の家に嫁ぐこと。

それはいわば、自分の魔力の源であるこの血筋で相手の家の魔力の維持に貢献することであり、ひいては自分の子供の魔力を維持し、貴族としての格を保つことでもある。

根本の問題はレント子爵令嬢と同じなのだ。

なのに自分と立場が真逆の人がいるということに、アスタリスクは今更ながらに悲しくなったのだった。


いいかげんアスタリスクも自覚はしているのだ。

ギャレットが好きだと。

でも、だからといって悲恋に終わるとわかっていて、わざわざアスタリスクの気持ちをギャレットに悟らせて彼を困らせるようなことはしたくなかった。

この学院にいる間だけ、学生という身分の間の楽しかった思い出だけを彼からもらう。

アスタリスクに許されているのは、きっと思い出だけだから。

「週末は忙しかったの？」

「そりゃあもう。なにしろ平日に溜まった仕事を二日で片付けようというのですから、寝る暇もないんですよ。だからこうしてあなたと話しているこの時間が、その分のご褒美ですね」

そう言って、ギャレットはいつもと変わらずのんびりと伸びをしながら言った。

「ほんとあなたって、いつも口が上手いわねえ」

そんな、ギャレットとおしゃべりするこの時間。

商人らしい甘言なのだろうと思いつつもついそれに笑って返しながら、本当は私のほうが安らぎも幸せももらっていると思うこの瞬間を大切にしたい。

こんな何気ないひとときが、最近のアスタリスクの一番幸せな時間になっていた。

『きょうはなかよしー？』

『きょうはなかよし！』

『ぎゃれーきょうはおやつないのー？　けちんぼ？』

『あすたーはおやつくれるよー？』

『おやつーおやつーおいしいおやつー！』

『ぎゃれーもおやつ！』

そんなレジェロたちとおしゃべりしたりおやつをあげたりしながら散策する朝の森の小道。

レジェロたちはアスタリスクの仲介もあって今ではギャレットにも懐き、二人の姿が見えると餌やおやつをねだって何羽も飛んでくるようになっていた。

口々におやつをねだるレジェロたちを頭の上や肩に載せているギャレットの姿が微笑ましい。

もちろんアスタリスクの肩にも数羽乗っているのだが。

「どうせこいつら、おやつって言っているんだろうな」

ギャレットも最近は、言葉はわからないまでも、なんとなくレジェロたちの言いたいことが感じられるようになっていた。まあ、基本的にいつもおやつをねだっているので誰にでもわかることかもしれないが。

「うふふ、そのとおりよ。早くちょうだいって」

そんなことを言いながら、一緒におやつをあげるひとときの楽しいことと言ったら。

今ではこの朝の散策をみんなが知っているのだけれど、アスタリスクを怒らせるのが怖いのか他の生徒が来ることはなかった。

実はセディユが必死に手を回して阻止していたりするのだが、もちろんアスタリスクはそんなことはつゆ知らず、毎朝のこのひとときを心から楽しんでいた。

なにしろ最近は、二人きりになれるのはこの時間くらいになってしまって。

今日も朝の散歩を終えて森を出たところで、どうやら待ち構えていたらしい令嬢がギャレットに、

「ギャレットさま！　まあ偶然ですわね、おはようございます！　アスタリスクさまもご機嫌麗しゅう。ところでギャレットさま、ちょうどここでお会いできてよかったですわ。実は今度の校外学習についてなのですけれど、ちょっとご相談したいことがありまして……」

そんな風に声をかけられることが多くなったのだ。

もちろんアスタリスク抜きで話をしたい方々ばかり。みなさんもれなく「ちょっとここでは

……」と言いつつアスタリスクのほうを気にするというわかりやすい素振りつきだ。

そう言われたら空気を読んで、引くしかないアスタリスクである。

「あら、ではわたくしは失礼して先に行かせていただくわね。どうぞごゆっくり」

そう言ってその場を去るしかない。

そしてそんなアスタリスクの言葉を受けてギャレットも、アスタリスクのほうを気にしつつも基本は善良な一生徒なので、

「それではちょっと失礼します。さて、どういったことでしょうか」

そんな返答をしつつその美しい顔に微笑みを浮かべるものだから、もうギャレットに話しかけた令嬢たちの目がもれなくハートになっているような。

いいのよ、別に。私から離れて何をしても。

可愛らしい級友や下級生の女の子と仲良くしても。

だって、それが普通なのだもの。

そう思いつつも、ちょっとだけ不機嫌が顔に出てしまうアスタリスクだった。

本当に最近のギャレットの人気といったら！

少しでも話をしようと様々な口実を作ってはひっきりなしに女生徒たちがやってくる。

中にはきっとアスタリスクが邪魔だと思っている人もいるだろう。

幸い家の爵位のせいか、はたまたアスタリスクは無害だと思っているのか、あからさまに邪魔者

扱いされたり睨まれたりということはない。

でも、たまには探りも入るのよねえ……。

「アスタリスクさまにとって、ギャレットさまはどういう方なのでしょう？」

え？　私の好きな人……とはもちろん言えないので、その度に一番無難そうな答えを微笑みとともに返すことにもそろそろ飽きてきたアスタリスクである。

「彼は、とても親身になってくださるお友だちなのよ。さすがブレイス商会の跡取りだけあって、どんな相談も問題も解決してくださる、とても頼もしい方なの」

そう、便利な商人だから側に置いている。そういうポーズはもう一年前から何も変わっていない。

だから、

「まあ、そうなのですね！　では私の悩みも解決してくださるかしら」

などと言われても、そう、いまさらポーズは変えられないのである。

「きっと大丈夫じゃないかしら……」

なんだか最近は自分で自分の首を絞めている気がしているが。

それでも今までは視界にも入れてもらえない平民という立場から沢山の生徒と親しく交流する人気者になったのだから、自分はそれを喜ぶべきなのだろうと思う。

彼には彼の人生がある。

だから私は私の立場で、彼の応援をすることが一番いいのだ。

そう思っている。いやそう思うように、自分に言い聞かせている。

ブレイス商会を個人的にずっと贔屓にする。それが今のアスタリスクにできる、彼へのせいいっぱいの援助であり応援なのだと思うから。

そう思いつつも、やっぱりちょっと寂しい気持ちになるけれど。

でもアスタリスクが派手にフラット殿下に婚約破棄をされた事実は、この先も消えることはないだろう。

表面上は取り繕われたとはいえ、誰もが知っているということはアスタリスクの評判に傷がついたことにはかわらない。そしてそれは貴族の娘にとっては、致命的なことだった。

だからもう、もしかしたらアスタリスクには良縁は来ないかもしれないと密かに思っている。

このままコンウィ家の行き遅れの娘としてひっそりと人生を送るか、もしくはコンウィ家の威光がほしいだけの強欲な誰かや持参金目当ての誰かと結婚することになる可能性もあった。

父さまはアスタリスクが嫌だと言えば無理に嫁がせようとはしないだろうけれど。

でも、他に相手がいなかったら。

貴族の娘として結婚は義務ともいえるから、そんな相手しかいないのであれば、いつかきっとしぶしぶそんな結婚を承諾することになるだろう。

だからいつか結婚したらその先は寂しい人生になるかもしれないと、アスタリスクは密かに覚悟をするようになった。

もとより愛なんて期待はしていない、血と血をつなぐだけの政略結婚。

だから今考えられる将来の唯一の楽しみは、ギャレットが継ぐであろうブレイス商会を手助けすることくらいしか正直なところ思い当たらないのだ。

ギャレットはきっと商会を立派に継いで、いつかその立場に相応しい誰かと結婚して、子供も生まれるだろう。彼の人生はきっと順風満帆だ。

アスタリスクはそんなギャレットの人生を端から眺めて応援して、幸せをお裾分けしてもらおうと思っていた。

せめて自分は彼のよき理解者でありよき友人であり、一番頼れる支援者でありたい。

ただそれも彼が平民と結婚した場合ならの話で、もしも彼がどこかの貴族のお家の跡取り娘と結婚したら、彼の一番の支援者にはなれないかも、そんなことが最近のアスタリスクの悩みだったりする。

彼が貴族になってしまったら、家と家の関係が絡んできてしまうから。

彼の妻の家を差し置いて、アスタリスクがしゃしゃり出ることはできないだろう。

そんなことを考えると、なんだか悲しい気持ちになるのだった。

私は彼のどんな一番にもなれないかもしれない。

一番大切な人にはなれないし、一番頼れる人にもなれないかもしれない。

そんなことを考えてこんなに悲しい気持ちになるなんて、去年の今頃は全く想像もできなかった。

「まさかこんな気持ちになるなんて……」

ふとそう呟いたとき。

「あっ！　ねーえーさーまー！　たしか週末は姉さまも父さまに呼ばれていますよね？　一緒に帰りましょう！」

どうやらアスタリスクを探していたらしいセディユが走ってやって来たのだった。

「……なんだか最近のあなたは昔に戻ったみたいね。もう大きくなったのに……」

純粋にキラキラと親愛の目でアスタリスクを見る弟の視線に、思わずほっと癒やされてアスタリスクはくすっと笑った。

最近はギャレットが忙しそうなので、セディユが何かと構ってくれるのは嬉しかった。

セディユがしっかりとコンウィ家を継いでいけるように、姉としてちゃんと助けてあげなければ、そう思って気持ちを切り替えることができるから。

セディユがなぜか今学年になってから、突然お勉強に苦労している様子なのが気がかりだった。

でももしかして、去年の後半をあのフィーネ嬢の取り巻きとして過ごさなければならなくて、思うようにお勉強ができなかったせいかもしれない？

そう思い至ったとき、迷惑をかけてしまった負い目を感じて、アスタリスクはセディユのお勉強については全面的に面倒を見ようと決めたのだ。

私のせいでコンウィ家の嫡男を落第させるわけにはいかないもの。

幸いアスタリスクは去年、すっかり孤立していたために暇を持て余して勉強に逃げていたところがあったので、去年の学習内容については問題無く教えられる。

「姉さまひどい！　僕はもう大きいですよ!?　姉さまと一つしか違いませんからね！　でもどうせなら一緒に帰ったほうがいろいろ楽でしょう？　馬車も一台ですみますし！」

そう言ってキラキラと笑顔を見せる弟は、可愛いもので。

「そうね、わかったわ。一緒にお勉強もできるしね」

「うえっ……？　お勉強は、えーと家に着いてからもいいのではないですか……？」

明らかに藪蛇だったらしくちょっと嫌そうな顔をした後、それでも、では土曜日お迎えに行きますからと言い残して元気にセディユは自分の教室に帰っていった。

そんな弟の後ろ姿を見送っていたら、何やら後ろから、

「セディユさま、いつ見ても美しくて爽やかでとっても素敵……」

なんていう声が聞こえてきて、アスタリスクはびっくりしてしまった。

だが考えてみれば、アスタリスクとよく似たセディユはアスタリスクと同じ金髪の、それなりに顔も整ったいわゆる美少年と言えなくもない。

ふと、去年のギャレットがセディユのこともフィーネの「攻略対象」だなんて言っていたのを思い出す。ギャレットによれば、その「攻略対象」はみな美形揃いだとか。

ということは……。

いつかセディユがまたフィーネのような上昇志向の強い女性に騙されないように、姉としてしっかり見てあげなければいけないわ。と、突然使命感が湧いたアスタリスクだった。

うちの弟に、絶対に変な虫がつかないようにしなきゃ……！


「……姉さま、僕の顔に何かついていますか？」

「あ、あら……いいえ？　おほほほほ」

週末、二人で実家に向かう馬車の中で、ついついしみじみとセディユの顔を見ていたアスタリスクに、セディユが不安げに聞いてきて我に返った。

「ならいいんですが。ちょっと僕、寝不足で」

「あらどうしたの？　近々テストでもあるの？」

セディユの心配事といったら、お勉強が第一に思い浮かぶようになってしまったアスタリスクである。しかし。

「テストはありますが大丈夫です。ええと、たぶん？　いえそれよりも姉さまですよ。最近はギャレットさんが忙しそうでお一人のときもありますよね？　ちょっと心配しているんです。身の回りでおかしなことはありませんか？」

「え？　特にないわよ？　ギャレットは忙しそうだけれど、彼は彼で学生生活を謳歌するべきだし」

「実はギャレットさんが言っていたのですが、どうもフィーネ嬢が姉さまを逆恨みしているのではという話がありまして」

「は？　逆恨み？　本当に？」

フィーネはあの断罪劇の後は養父であるスラー男爵に激怒され、養父の家に里帰りすることを拒否されているという話だった。

しかしそれでもその養父はフィーネとの養子縁組は解消せず、今もフィーネはまだ学院に在籍している。

あの断罪劇はアスタリスクにとってもスキャンダルだったが、同時にフィーネにとってもスキャンダルだった。

たしかフィーネは学院の卒業パーティーを虚言により混乱させたとして、学院からしばらく謹慎の処罰が下ったはずだ。

だが彼女にとって幸いだったのは第二王子派閥の手によって魅了の事実が表向き否定され、その他の魔法についても我が国にはいままで魔法についての罰則や法律がほぼ無かったために、法律上はフィーネにたいした罪状がつかなかったことだ。

しかしあの騒動のせいで、学院の大半の生徒たちはフィーネの将来はまた平民として市井に追放されるか、養父のいる辺境でひっそりと暮らすか怪しげな評判の悪い貴族に嫁がせられる他はないだろうと思っている。

ただフラット殿下がいまだにフィーネに固執しているようなので、このままフラット殿下に飽きられなければ、将来フラット殿下との結婚は無理でも愛人におさまる可能性はあるのではという話が密かに囁《ささや》かれていた。そして養父であるスラー男爵が、その可能性に望みを繋げているから養女のままなのだとも。

スラー男爵としては義理の娘がフラット殿下の愛人になれば、いつか領地を元に戻してもらえるかもしれないと思っているのかもしれない。

しかしどのみちフィーネは、もう普通の貴族令嬢としての将来は望めないだろう。

そんな彼女からしてみたら、今でも以前と変わらない公爵令嬢としての立場を保っているアスタリスクは気に食わないのかもしれない。

が、しかし。

セディユが心配そうな顔で言う。

「彼女はもともと魔法を使っていたとはいえ一時期は高位貴族の子弟に囲まれて大変な人気者でした。それで今でもどうもその当時の魔法が解けきらない人物がいるようなのです。フラット殿下のように。さすがに我が家に表だって喧嘩を売るような人間はいないとは思いますが、姉さまは一応身辺に気をつけてください」

「わかったわ。フラット殿下の他にも、今もまだ彼女を崇拝している人がいるということね」

「どうもあの魅了という魔法は、しつこく重ねがけするほどに解けづらくなるみたいですね。ギャレットさんがそう言ってました。僕の学年には今でも彼女を守るように付き従っている子息が何人かいます。姉さまからだと下級生ですし直接の接触はしづらいとは思いますが、用心にこしたことはありません」

「もしかして、あなたはそれを警戒して最近よく私の周りにいるの？　それにしてもギャレットも私に直接教えてくれればいいのに」

「まあ……はい、そんなところです。ギャレットさんは、きっと姉さまを不安にさせたくないのでしょう。でも僕はフィーネ嬢と同じ学年で、彼女たちの監視もしやすいので。だから僕には教えてくれたんだと思います」

ちょっとだけ誇らしげに言うセディユだった。

上級生であり魔道具や魔法に詳しいギャレットに、内緒の相談をされるほど信頼されているというのがきっと嬉しいのだろう。

でもセディユがここでアスタリスクに知らせたということは、セディユの目から見ても危険を感じるほどの何かがあったのかもしれない。

そういうことならあまりこれからは一人にはならないほうがいいだろう。

「ありがとう、セディユ。気をつけるわね。できるだけ人の多いところにいるようにするわ」

「お願いします。さすがにまたコンウィ家に手を出したら、今度こそただではすまないとはわかっているでしょうから大丈夫だと思いたいのですが。一応念のため」

「気をつけるにこしたことはないわね。ありがとう、教えてくれて。あなたもすっかり頼りになるようになったのね」

「えへへ、だって僕はもう大きいですからね……！」

姉に褒められたのが嬉しかったのか、天使のような可愛らしい笑顔を見せたセディユだった。


実家のコンウィ公爵家に着くと、二人は真っ先に父であるコンウィ公爵に挨拶に行った。

「お久しゅうございます、お父さま。お呼びによりただいま帰りました」

しかしそう挨拶したときの父が、なんとなく悩んでいるような顔をしていたのが気にかかった。

「父さま、突然のお呼びでしたが何かあったのですか？」

そしてセディユのその問いに、コンウィ公爵は言いづらそうに言ったのだった。

「あー、実は、ランドルフ侯爵家からアスタリスクに、結婚の申し込みが来ているのだが」

「は？」

第六章

輝かしいそれぞれの道

Chapter 6

アスタリスクは驚きすぎて、少々間抜けな顔をしてしまった。

「ランドルフ、って、まさか、ランドルフさまですか？　今同じクラスの？」

「そうだ、ランドルフ侯爵家の嫡男、アーサー・ランドルフ。たしかアスタリスクと同級だったな。あー、なんでも今まで結婚願望のなかった彼が、アスタリスクならば結婚しても良いと言っているそうで、ランドルフ侯爵が彼の気が変わらないうちにぜひにと言ってきてな」

「いけません！　反対です！　僕は姉さまに愛のない結婚なんてさせたくありません！　姉さまはランドルフさまなんて好きじゃない！」

「ちょっとセディユ、なぜ私よりも先にあなたが断るのよ……」

いきなり叫んだ弟にびっくりして、つい出遅れたアスタリスクだった。

一瞬ギャレットの顔が浮かんでしまって、動揺していたとも言えるのだが。

「だって姉さま、彼を好きなわけではないでしょう？　他に好きな人がいるでしょう!?」

「だからセディユは落ち着いて？　なぜあなたが私より驚いて興奮しているの、落ち着いて」

「落ち着いてなんかいられませんよ！　僕は！　姉さまの好きな人と結婚してほしいんです！　姉さま、他に好きな人がいるでしょう！」

「だからなんであなたがそんなことを言うの！　父さまの前なのよ!?」

セディユの爆弾発言に驚いて恐る恐る父を見るアスタリスク。

日頃は王宮で宰相として大変に威厳のある雰囲気と厳つい体格、その上威圧感のある顔を保っているコンウィ公爵なのだが、しかし今、愛娘と可愛がっている嫡男を前に、少々間抜けなぽかんとした顔をしていた。

そしてもごもごと気まずそうに言う。

「あー、なんだ、アスタリスクは、好きな人がいるのか？」

「います！」

「だからなんでセディユが答えるのよって……」

前のめりで叫んだセディユを見てアスタリスクが呆れたように言った。

「そうか、いるのか。ではこの話は……」

なんだか複雑そうな顔をしつつも、そう言いかけるコンウィ公爵。

そんな父を見て、ちょっと驚いたアスタリスクだった。

「え？　お父さま!?　でもこのお話は、我がコンウィ家にとって良いお話なのではないですか？」

令嬢というものは幼い頃から家のために結婚するものだと言われて育ってきたアスタリスクは、

ランドルフ以外に好きな人がいるというセディユの情報だけで、あっさりとこの話を退けようとする父の行動が理解できなかった。

「あー、たしかにランドルフ侯爵家は、最近では第二王子派閥からますます距離をとるようになっているからな。そういった意味ではもちろん悪くない相手だ。しかし私は娘の気持ちを無視して嫁げと言う気はないぞ?」

「しかし私は、幼い頃から政略結婚を覚悟していましたし、ランドルフさまなら今も良い友人です。それに今、昨年のあのようなスキャンダルがあった私に求婚してくださるような方は、もう他には現れないのではないでしょうか」

なにしろアスタリスクはフラット殿下に一方的に婚約破棄されたのが広く知られている。

だから本当ならばどこかの年寄りの後妻にされたり、借金を返したい放蕩《ほうとう》息子のところに持参金を持って嫁に行かされたりしても文句は言えないと思っていたのだ。

なのに侯爵家の嫡男とは。

良い家柄のしかも跡取りの、さらには人柄も評判も良い同年代の相手ならば、条件としては全く問題無い。むしろアスタリスクからしてみたら、これ以上ないくらいの話だと思うのだ。

そう思ったのだが。

「だめです！　まだ早いです！」

「ちょっとセディユ、なんだかあなたが父親みたいよ……」

まなじりをつり上げて叫ぶ弟を見ながら思わずそんな感想が漏れた。

「いやセディユの言う通りかもしれん。そうだよな、まだ早いよな……な？」

なんだか救いを求めるようにセディユを見る父の顔を、信じられないという思いで見るアスタリスク。

「父さま!?　父さままでそれでいいのですか!?」

おかしい。貴族にとって政治の派閥争いは重要ではないのだろうか。そしてそんな争いに勝ってきたからこそ、父は今の地位にいるのではないのか。

そうでなくてもこの父は第二王子派閥から抜けて、最近は第一王子を推す派閥に近づきつつあるところだとも聞いている。ならば同じ立場の家に娘を嫁がせて、派閥の人たちの信頼と情報を得るべきではないのか……？

しかしコンウィ公爵はなぜか歯切れが悪かった。

「しかし私としても、あー、可愛い娘をまだ嫁にやるのはちょっと寂しくてな……せっかくあの情けない第二王子から取り返したのだし……」

「父さま、何を言ってらっしゃるのです。貴族の娘ならば、もう私くらいの年では婚約者がいるのが普通ではありませんか。別に私はかまいませ――」

「だめです！　姉さま、本当にそんなことをしたら絶対に後悔しますよ!?　姉さまは本当にランドルフさまと結婚したいんですか？　違いますよね？　それとも好きでもないランドルフさまと、あーんなことをしたりこーんなことをしたりできるんですかっ!?」

「セディユ!?　あなた何を言い出すの!?」

思わず真っ赤になってしまったアスタリスクだった。

あーんなことやこーんなことって……なにかしら!?

「ま、まあまあセディユ、ではこうしようではないか。セディユがこれだけ反対するということは、思うところもあるのだろう。父としても娘の気が進まない結婚はさせたくないと思っている。お前には幸せになってほしいのだよ。今お前がこの話を聞いて幸せな気持ちにならないのなら、どうだろう、この話は一旦保留ということにしてもらってもいいんだよ」

「お父さま……国の宰相ともあろうお方が、そんなに娘に甘くてどうするんです……」

そうは言いつつも、保留できるのなら保留にしてもらってもいいかもしれないと思ったアスタリスクだった。

そう、ギャレットを諦めて気持ちを切り替える時間がもらえるのなら、そのほうがランドルフさまにも失礼にならないだろうし……。

「そうですね！　では保留にしましょう！　少なくとも姉さまが卒業するくらいまでは！」

「だからどうしてセディユが決めちゃうのよ……」

とは言いつつ反対する理由もないので、そんな父と弟の意見にあえて逆らうこともない。

「そうだな、ではそういうことにしようか。それではそのようにあちらに手紙を書いておくから」

父さまはセディユの案にあっさり乗って、何かほっとしたような顔をしていそいそと手紙を書くために部屋を出て行ってしまった。

その姿を唖然と見送るアスタリスクと、そんなアスタリスクの隣でやれやれといった感じで深く深くため息をつくセディユが残された。

「まったく、ランドルフさまも余計なことをしてくれる……」

セディユがいつもとは全然違う低い声でそんなことを呟いたような気がしたけれど、まさか、気のせいよね……？


だがそんなわけで、コンウィ公爵家からランドルフ侯爵家には、二人が学院を卒業するまで話は保留にしたいとの旨が伝えられることになったのだった。

こういうときは公爵家という立場が有利に働く。ランドルフ侯爵家は、格上となる公爵家に対してごり押しはできないのだ。

しかし学院の卒業までということは、あと二年である。いやもう一年半か。

卒業する頃にはアスタリスクも二十歳になって、婚約さえもまだとなると下手をすると社交界では行き遅れと言われそうな年齢になってしまうのだが、しかし相手も同じ年齢で卒業と同時に婚約してそのまま結婚という流れになるならば、そこまで遅いとは言えないこともない。

貴族の娘の中には学院の卒業前に結婚してしまう人もいるのだが、どちらかというと卒業と同時という流れが主流である。というよりは、大抵の貴族の令嬢は学生のうちに婚約して卒業するとそのまま結婚という流れがほとんどだ。

そう考えると……まあ、それほどおかしくも……ない……？

さすがに婚約をしてしまったら、密かに他の人を慕うことにとても罪悪感を感じただろう。

でもこれで今回、アスタリスクには一年半の猶予が与えられたことになる。

だから、もらったこの一年半でできるだけギャレットへの気持ちを整理して、卒業と同時にきっぱりと彼を諦めて気持ちを切り替えよう。

私は学院にいるうちは夢を見て、そして卒業したら大人になるのだ――

「でも姉さま、姉さまはギャレットさんを諦められるのですか？」

帰りの馬車で、セディユがじとっとした目つきでアスタリスクを見て言った。

「諦めるもなにも、私、ギャレットが好きだと言ったことなんてないわよね？」

どこまで確信をしているのかはわからないが、今ここで認めてしまったらもう後に引けなくなるような気がして、とりあえず誤魔化すことにしたアスタリスク。しかし。

「言わなくても見ていればわかるって言ったでしょう。ランドルフさまとギャレットさんとでは、姉さまの態度が全然違うんですよ。僕は知ってますよ。周りには健康のためとか言って、本当は毎朝の森の散歩、ただギャレットさんに会うために行っているでしょう」

「ええっ？　そそそんなこと……えーと、レジェロたちがかわいくてね……？」

「目が泳いでいますよ、姉さま。たしかにレジェロたちはかわいい。かわいいですけど……っ！」

「あらセディユ、あなたも鳥たちと仲良くしたかったの？　それならそうと言ってくれればいいのに。明日のお散歩は一緒に来る？」

「えっいいんで……あ、いや……でも明日は遠慮しておきます。また今度ご一緒させてください。明日はちょっと僕、忙しくなりそうですから……」

突然もごもごとそう言って落ち着かない仕草のセディユを見て、もしや週明けにテストでもあって、朝もテスト対策をしないといけないのかしら？

などと思ってついまた心配してしまった。

が。

次の朝、いつもの散歩道の先でじっとりとした目つきで機嫌悪く待っていたギャレットの姿を見て、もしかしたらセディユはこのことを予想して単にこの場から逃げたのではないかと思い当たったのだった。

「おはようございます、アスタリスクさま？　俺のいない間に、なにやらめでたい話があったようですね？」

「ええ⁉　情報が早いわね。誰にも言っていないのに、一体どこから聞いたのかしら。まあ、ありがたいことに、たしかにそんな話があったわね。結局保留になったけれど」

「断らないんですか？」

じっとり。

不機嫌と恨みが混ざったような目でアスタリスクを見るギャレットが、ちょっと怖い。

「だって父の立場に有利な縁談を、私の一存で断れるわけないでしょう」

ひとの気も知らないで。

思わずそんな気持ちになってつい、にらみ返したアスタリスクだった。

『おやつーおやつー。あれ？　けんか？』

『おいしいおやつはなかなかよくねーおやつ！』

集まってきたレジェロたちが二人の様子を見て一斉にぴーちく文句を言い出したが、それでもギャレットのジト目は変わらないのだった。

「あらごめんなさい。さあ、おやつをどうぞ」

アスタリスクは持ってきたレジェロたちのおやつを撒きながら、それでも背中にギャレットの視線をひしひしと感じていた。

でもどうしてそこまで責められなきゃいけないの!?

『あすたーありがと！　おやつだおやつ！』

『あすたーだいすきーおやつもだいすきー！』

『ぎゃれーはおやつくれないの？　ぎゃれーおやつ持ってない？』

『ぎゃれーきょうおやつくれない！　ひどいー』

そんなことを言いながら一斉にアスタリスクのおやつをついばみ始めるレジェロたちは、なんだか居心地の悪い空気の中で、唯一ほっとできる光景をアスタリスクに与えてくれていた。

「ギャレットがおやつをくれないって、文句を言っているわよ？」

恐る恐るアスタリスクが通訳すると、ギャレットはむすっとした顔のまま包みを取り出して地面に撒く。

『あっ！　ぎゃれーのおやつだ！』

『ぎゃれーがおやつ！　ぎゃれーいいひと』

『ぎゃれーいいひと！　しってた！　おやつー！』

レジェロたちが一斉にギャレットを称賛しながら一生懸命ついばみ始める。

そんな現金なレジェロたちを見て、アスタリスクはくすっと笑った。

しかしギャレットの不機嫌は直らないようだ。

「それで？　あなたはランドルフ家に嫁に行きたいのですか？」

しばらくして、ギャレットが聞いた。

「別に行きたいわけじゃあないけれど、どうせいずれはどこかにお嫁に行くでしょう。なら、ランドルフ侯爵家だって他の家だって、私にとってはあまり違いはないのよ。まさか独身を貫いて、セディユのお荷物になるわけにもいかないじゃない」

嫁に行かないということは、一生父に、父亡き後は父の後を継いだ弟の世話になるということである。

セディユが結婚したら、セディユの妻にとってアスタリスクは小姑だ。

小姑って、鬱陶しいものじゃない？

「去年買った別荘でものんびりすればいいじゃないですか。好きなことをして暮らせばいいんですよ」

「ずっとひとりで？　それも楽しそうだけれど、私もいつか子供がほしくなるかもしれないわ」

「……好きでもない男の子を産みたいのですか？」

「誰との子でも、自分の子は可愛いものじゃあないかしら。私の父さまと母さまも政略結婚だったけれど、両親は私とセディユをとても愛して可愛がってくださるもの。自分は産まないでセディユの子を可愛がるのでもいいかもしれないけれど、セディユのお嫁さんに気を遣って暮らすのも嫌だし」

「それであのランドルフですか？」

「だって、他に私に求婚してくれそうな人なんていないじゃない」

そしてにらみ合う二人。

あなたと結婚できないなら、もう相手が誰でも同じなのよ。

とは言えないから。

「それはわからないでしょう。これから先、何が起こるかわかりませんよ」

そう言って恨みがましい目をアスタリスクに向けるギャレットだが。

そんな彼を見て、アスタリスクは密かに思った。

優秀な商人って、なんて酷い人たらしなのかしら、と。

気がつけば、すっかりアスタリスクは彼の虜になっていて、そして今も思わせぶりな、なのに決定的なことは絶対に言わないずるい彼に振り回されている。

悲しい顔をして私を睨むくせに、絶対に愛は囁かない男。

ランドルフより俺を選べとは言わない人。

「私は……父さまが決めた人と結婚するのよ。それが私の役目ですもの。それに今回のお話は評判の落ちた私にはもったいないお話なのよ。そして向こうのお家としても、宰相である父を味方につけることができる。双方にとって悪くない話なの。だから父さまも断れないの。そこに、私の気持ちは関係ないの」

だから父さまも保留にしたのだ。他にもっと良い嫁ぎ先が見つからない限りは、きっとこの話を断ることはしないだろう。

「……実は、俺もなんとか今年は学院に残りましたけど、そろそろ無理も利かなくなってきました。俺は、あなたより一年先に卒業することにしました」

しばらくして、全ての感情を抑えたような、何も読み取れない目でギャレットが唐突に言った。

「え……？　どうして……？　卒業まではまだ一年以上あるじゃない。ちゃんと卒業するんじゃなかったの？」

驚いて聞いたアスタリスクに、ギャレットは言った。

「飛び級制度を使います。学院での残りの課程は全て認定をとるので、半年後には正式に卒業できる見込みです。実は、もうほとんどの認定は取り終わりました」

「どうして……どうして言ってくれなかったの？」

アスタリスクは、自分の声が震えていることに気がついた。

ショックだった。

まだ一年以上一緒にいられると思っていたのに。

ショックで頭がよく働かない。

もうすぐギャレットが卒業してしまう？

ということは、もうお別れ？

「迷っていたんです、どうするか。でも決めました。あなたがそう言うのなら、俺にも考えがあります」

「考えって？」

「もう贅沢は言わずに、俺の人生に必要なものは、力尽くで手に入れることにしたんですよ」

そう言うと皮肉な笑みを浮かべてギャレットは、そのままくるりとアスタリスクに背を向けて去って行った。

おやつを食べ終わっても残っていたレジェロたちが口々に、

『ぎゃれーおなかいたい？　へんなかおしてたー』

『ないてた？　おこってた？』

『ないてるのはあすたー』

『あすたーなかないでー？』

『あすたーあすたーげんきだしてー？』

しかしそんなレジェロたちの慰めも、今日ばかりはアスタリスクの気持ちを晴れさせることはできなかった。

ギャレットが怒ったような顔をしてアスタリスクを見たのもショックだった。でももっとショックだったのは。

ギャレットが卒業してしまう。

卒業してしまったら、もう今までみたいに毎日会ったり散歩したりなんてできなくなるのに。

もっと一緒に、いたかったのに……。

家業が忙しいというのは言っていた。言ってはいたがいつも笑顔だったから、彼は両立できていると思っていた。

でも。

彼の父親はもう、既に一年譲歩していることを思い出す。一年は時間をくれた。だが、二年は無理だった。そういうことなのだろう。

ということはこの一年で、いやあと半年で、私は彼への気持ちに整理をつけてお別れをすることになるということだ。


森を出ると、そこにはランドルフが待っていた。

「おはようございます、アスタリスクさま。朝のお散歩は終わりましたか？」

そう穏やかな微笑みで挨拶をするランドルフの姿に、ちょっと気まずい気持ちになるアスタリスク。

「おはようございます、ランドルフさま。良いお天気ですわね」

それでも先ほどまでの動揺は見せないように、つとめて冷静に返した。

するとランドルフはアスタリスクと一緒に教室へと歩きながら言った。

「父から聞きました。あなたはまだ、フラット殿下に婚約破棄されたことに傷ついていると」

「はい？　ええと……ええ、そうなんです」

もちろんその件については傷なんて全くどこにもついていなくてアスタリスクの心はぴっかぴかなのだが、でもとっさに話を合わせることにした。

おそらくそういう理由で父が婚約の延期を申し出たのだろう。去年の婚約破棄に傷ついていて、今は結婚を考えられないとかなんとか。

だが。

「これは失礼な質問なのかもしれませんが……理由はそれだけですか？」

ランドルフが、アスタリスクのことをちらりと見て聞いた。

「はい？　あの……ええ、もちろんそうですわ。本当にそれだけです。今回のお話はとてもありがたいと思っているのですが、なにしろ殿下を信頼していただけにあの件は本当にショックで……。それにあの件からまだ半年しか経っておりません。私の評判の回復にももう少し時間が必要だと思うのです」

「評判なんて。あなたは何も悪くないではないですか。それにそんなもの、僕はどうでもいいと思っています」

「まあ、そういうわけにはいきませんわ。わたくし、自分の立場はちゃんとわかっているつもりです」

そのとき、どこかに行ったはずのギャレットがすっとアスタリスクの後ろに来て言った。

「もうすぐ授業が始まります。お二人とも急いだほうがよろしいのでは？」

「ほらたとえばこの、あなたの専属執事の存在は関係ない？」

そんなギャレットをちらりと見て、ランドルフがくすりと笑って聞いた。

でもアスタリスクはそんなランドルフに、まるで何を言っているかわからないわ、という顔を作って言う。

「ギャレットは友人であって、本当は執事なんかではありませんわ」

「そうですね、なのに常に側に置いている」

「去年のこともあって、わたくしは彼を信頼しているからです。ただそれだけですわ」

「そうなんですね。では僕は邪推していたと」

「何を邪推されていたのかはわかりませんが、どうやらそのようですわね。あら、本当にそろそろ鐘がなりそうですわ。ちょっと急いだほうがいいかもしれませんわね」

そう言って、アスタリスクは歩みを早めた。

その後ろをギャレットがぴったりとついてくる。

一緒についてくるかと思っていたランドルフは、なぜかそのまま立ち止まって、

「はは、わかりました！　待ちますよ。あなたが心を整理するまで、僕は待ちます！」

そんな言葉を投げかけてきた。

すぐ後ろでちっ、と舌打ちの音が聞こえたような気がした。

その後急いで教室に入るやいなやギャレットがレント子爵令嬢に話しかけられていたが、珍しくギャレットは二言三言返しただけで、さっさと戻ってきたことにアスタリスクは驚いた。

「行ってあげれば？　何か相談事なんでしょう？」

ついアスタリスクがそう言うと、ギャレットが苦々しい顔をして言う。

「行きませんよ。行ったらまたここにあのランドルフが来るでしょう。それにどうせ相談とか言っ

て、さっきあなたがなぜランドルフと一緒に歩いていたのかとかそんな話だったりするんですよ。彼女の家の問題はもう解決しているはずなんですから」

「あら、いつの間にか何かを解決してあげたのね。優しいじゃない」

「優しさからだけではないですけどね。それでもなにかと仲良くしようとしてくれるのは嬉しいですが、あまり相手をして期待をさせるのも悪いですし。俺は彼女の婿になる気はありませんから。家業が継げなくなります」

「そういうもの？　でも貴族にはなれるでしょう？」

「誰もが貴族になりたいわけではないんですよ。それに俺はもう昔から俺が家業を継ぐって決めているんで。あなたが、公爵令嬢として生きると決めているのと同じようにね。そのために今まで努力してきたんですし」

飄々とそう言うギャレットの目は、もうとっくに決意している人の目だった。

彼は、彼の人生を決めている。

アスタリスクがいようといまいと、彼はこれからも自分で自分の人生を切り開いて進んでいくのだろう。

そういう目に見えた。

「素晴らしいことね。応援しているわ。私にできることがあったら力になるからなんでも言ってね」

するとそれを聞いたギャレットは、なぜか嬉しそうににやりと笑って言った。

「ありがとうございます。きっとたくさんありますから覚悟してくださいね」

「まあ、それじゃあたくさんお小遣いを貯めておかなければね」

つい、彼がこの先も自分を頼りにしてくれているらしいことが嬉しいと思ってしまった。

商人という立場から見たら、すっかりカモみたいに見えるかもしれないけれど……。

それでもいい。

ちょうどそう思ったとき、授業開始の鐘が鳴った。


そんなことがあったあの日から、ますますギャレットがアスタリスクにぴったりとついて回るようになった気がする。

そしてますますランドルフに対して警戒しているような……？

別に婚約話は延期になったのだし、だから彼とは今はまだなんの関係もないのだし、むしろギャレットが番犬のように睨むせいでランドルフに嫌われてしまったら、それこそアスタリスクのまともな嫁ぎ先がなくなってしまうかもしれないとギャレットにも言ってみたのだが、当のギャレットがふんと鼻で笑って望むところだと返したのでアスタリスクは呆れてしまった。

自分は家業を継いで順風満帆な人生を送る予定のくせに。

それともランドルフ侯爵家に嫁いだら、ブレイス商会を贔屓にできなくなる理由でもあるのかしら？　昔からのお抱えの商会が実はあるとか？

でもそんな話は聞いたこともないし、でもランドルフに聞いてみようとしてもことごとくギャレットが割り込むのでなかなか聞く機会もないのだった。

最近ではレント子爵令嬢をはじめとした「ギャレットに婿入りさせたい」令嬢たちもなんだか諦め気味のようで、ますますギャレットが生き生きとアスタリスクに張り付いている。

そろそろ彼の「専属執事」のあだ名はほぼ公式の呼称だと思っている人もいるかもしれない。

そんなギャレットがこの前ふと、

「ランドルフ以外にも、あわよくばと思っている男たちが多すぎる。ランドルフが急いだのはこのせいか」

などと不機嫌そうに言っていたのだが、彼がなにをそんなにイライラしているのかがさっぱりわからなかった。なにしろ今では少しでもアスタリスクに話しかけようとする男子生徒は全てギャレットが蹴散らしてしまうのだ。

アスタリスクは少々呆れてしまっていた。

普通に級友とお話くらいしてもいいのでは？

そう思うのに、男子生徒に話しかけられるたびにギャレットが進み出て、その場でなんでも話をつけてさっさと追い返してしまうので、アスタリスクは挨拶くらいしか最近は男性と話していないような気がしていた。

ランドルフもとうとう直接の会話は諦めたのか、そんなギャレットを通して休日のクリケットの試合やちょっとした買い物等に誘ってくれたりもしたのだが、どうも最近はセディユのお勉強のほうがますます芳《かんば》しくないようで、セディユが青い顔をして毎日のようにアスタリスクに泣きつくのでアスタリスクも誘いは全て断ってセディユの面倒を見ている状況である。

「ねーえーさーまー！　お願いです！　数学を！　教えてくださいぃいー！」

なんだか悲壮感さえ漂い始めたセディユを放っておくこともできず、今では週末になるとアスタリスクの部屋かセディユの部屋で、はたまた実家に帰っても、ひたすらセディユにお勉強を教えている。

「セディユ、もういっそお父さまに頼んで優秀な家庭教師を雇ってもらったほうがいいんじゃあなくて？」

あるとき、心配のあまりそう言ってもみたのだが、

「姉さま！　コンウィ家嫡男として、そんな恥ずかしいことはできませんよ！　それに隠れて家庭教師を雇うなら毎週コンウィ家に帰らないといけないじゃあないですか！　時間の！　無駄です！」

ならば毎週末姉にべったりとつきまとって勉強を教わるのは恥ずかしくないのか、とはさすがに必死の形相の弟には言えなくて。

こんなにお勉強のできない子だったかしら……？

去年までの優等生だった姿がそろそろ思い出せなくなってきたアスタリスクだった。

しかし姉としても、我がコンウィ家の嫡男を留年させるわけにも……。

ということで、平日はギャレットに張り付かれ、週末はセディユに張り付くアスタリスク。

すっかり女性の級友とお茶をしたりおしゃべりしたりするちょっとした放課後のひとときだけが、唯一ほっと息抜きができる時間になっていた。

もちろんそんなときも、

「お茶の用意はできておりますよ。お菓子はどれになさいますか？」

そう、もはや「俺が執事だ」と言わんばかりのギャレットが張り付いていて、かいがいしく世話をする。

もういろいろ諦めたアスタリスクが、

「ギャレット、あなたも一緒にお茶をいただかない？」

そう誘ったこともあったけれど。

「いえ、俺はいいです。女性の会話には入れませんから」

などと言って常に後ろに控えている徹底ぶりである。

そして、そんなお茶会に偶然を装って乱入しようとする男子生徒はギャレットによって完全シャットアウトされるのだった。

「アスタリスクさまの専属執事は本当に優秀ですわね」

この前カランド侯爵令嬢が呆れ気味にそう言っていた。きっとみんな思っている。

第二王子派だったモレンド伯爵家もカランド侯爵家も最近は中立になりつつあるようで、アスタリスクはもうあまり仲良くはできないかと思っていたのになんだかんだと交流が続いていた。

どうも第二王子のフラット殿下がしょっちゅう公務をサボリフィーネと逢い引きしていたり、他にも手を出したりしているのがバレて問題になったりしているらしい。

そしてそれと同時に第一王子サーカム殿下の病状が良くなってきているようだという噂が出始めていた。

そのため今では、今まではとても人前には出せなかったけれど、もしかしたら少しはマシになってきたかもしれない第一王子と、今までまともかと思っていたらどうもこっちも頭のネジがゆるかったらしい第二王子という、地獄の世継ぎ争いになりつつあるようだ。

大丈夫かしら、この国。

宰相である父が最近会うたびにやつれてきているのは、きっとこのせいなのだろう。

コンウィ公爵家が第二王子派閥から抜けたせいでそれに続く家が続出し、今では第一王子派と第二王子派と中立派という三派閥に分かれて勢力も拮抗していると聞く。

そういう意味ではコンウィ家がどの家と親交を深めるのか、つまりはアスタリスクがどの家に嫁ぐのか、その決定を今は延期するというのは良い判断だったのかもしれない。

しかしそうなると、それぞれの派閥の子弟がそんな家の事情でアスタリスクに言い寄る可能性も考えられる。

今はギャレットが全てを追い返しているけれど。

ギャレットは今日も変わらず綺麗な顔に作ったような微笑みを浮かべ、影のようにぴったりとアスタリスクに張り付いている。

朝の森での散歩も相変わらずだ。

最近ではギャレットもアスタリスクと同じテイマーの指輪をするようになっていた。

「あなたもテイマーの才能があるということ？」

そう聞いてみたら。

「才能はないから手なずけるのは無理ですね。でもよく懐いている動物が何を言っているのかくらいならなんとなくわかるらしいので、あなたと鳥たちの会話が聞けるかと思いましてね」

そう言っていた。

だから初めのうちは、

『ぎゃれー？　おやつくれるひとー』

『ぎゃれーのおやつはおいしいねー』

『ぎゃれーはおやつ』

『すきなのはあすたー！』

『あすたーだいすきー！』

と、あからさまに好意に偏りがあることを直接聞いてしまって苦笑いしていたけれど。

ちなみにギャレットがそんなレジェロたちにお願いごとをしてみても、

『なにいってるかわかんないー』

『おやつないの？』

『あおむしほしいー』

という反応で、どこまでわかっているのかいないのか。

でもそんな鳥たちの反応を見て穏やかに笑っているギャレットを、見つめていられる日ももう残り少なくなった。

もうすぐまた卒業パーティーがやってくる。

ギャレットは飛び級での卒業を確定させた。

一緒にいられるのも、もうあと少しの時間だけになった。

彼が卒業してしまえば、その先はアスタリスクは公爵令嬢としての人生を、そしてギャレットはブレイス商会の未来の長としての人生を歩むことになるだろう。

つまり、この先は永遠に分かれ道だ。

貴族と商人という立場ではたとえ話すことはあっても、もうこんなにくだけた態度と口調で対等になんでも話せるという間柄ではなくなってしまう。

なんて、寂しい……。

彼が、せめて騎士だったら。

そう思うこともあったけれど、それはアスタリスクの一方的な想いでしかない。

それに、彼が私を本当に好きだという保証もないしね。

アスタリスクはちょっと寂しく思いながらも考える。

今でも彼は、決してアスタリスクに愛は囁かない。

常に張り付き真剣な目で見つめ、他の男とは口をきかせないという態度のくせに、それ以上は何もないのだ。

だからこれは、私だけの問題。

彼は卒業したら、そのうちブレイス商会にとって良い条件の、容姿も性格も素晴らしい相手とあっさり結婚してしまうかもしれない。

そうしたら、私は昔なじみの上客として、彼に素晴らしいお祝いの贈り物をすることになるのね。

公爵令嬢アスタリスク・コンウィとして、もしくは……他の誰かの貴族夫人として。

わかっている。

これが、私の守りたかった人生。私が続けたかった、そして必死になって勝ち取った人生なのだ。

幸い恋心なんて、いつかは風化するものだ。誰もが初恋を一生抱えて、もう恋をしないということはないだろう。

きっと辛いのは今だけ。いつかは彼を……忘れられる。

そうは思いつつも、思っていたより早い別れのショックからはまだ立ち直れなくて、何か他に気を紛らわすような楽しみはないかと必死に考えた結果、せめて彼の卒業パーティーを一緒に過ごして綺麗にお別れを言おうと決めたのだった。

人生で一度だけ、彼の瞳から色をもらい、彼のためのドレスを作ろう。

彼の瞳も髪も黒だから、黒をどこかワンポイントに取り入れて……彼は、当日はどの色の服を着るのかしら？　それがわかったらその色もさりげなく取り入れる。

そうすれば、きっとこの人生で最初で最後の、彼のパートナーとしての装いができるだろう。

そして私は、彼のパートナーとして彼を送り出すのだ。

そう思っていたのに。

「すみません、その日は仕事があるので、あなたのパートナーとしてパーティーには行けないのです」

まさか、あっさりと断られるなんて。

「え？　お仕事？　せっかくの卒業パーティーなのに……？」

思わず動揺して声が震えてしまったアスタリスクだった。

この学院において自分の卒業パーティーというものは、学生時代の最後の晴れ舞台だった。

貴族の子弟ならば幼い頃からその日の自分を夢見るくらいには大切な日なのに……。

「父が、その日はどうしても仕事をしろと」

「まあ、お父さまが……？」

もしかしてギャレットのお父さまは、この学院の卒業パーティーの大切さをわかっていないのかもしれない。

平民の中には、貴族はいつもちゃらちゃらとパーティーを開いて遊んでいると非難する人もいるという。

「本当にすみません、せっかくあなたが誘ってくださったのに」

そう言ってギャレットもなんだか悔しそうな顔をしたのが、アスタリスクにとって唯一の慰めだった。

「そう……残念だけど、仕方ないわね。あなたはお仕事を大切にしているのだから、それをないがしろにはできないでしょう」

しょんぼりするアスタリスクに手を伸ばしかけたギャレットが、ふと思い直して手を引っ込めてから言った。

「でも、お願いがあります。俺が出られないと知ったら、きっと他の奴らがあなたを誘うでしょう。でも、俺はそれは嫌です。なので俺の我が儘を聞いていただけませんか。今年の卒業パーティーのパートナーは、ぜひセディユさまにお願いしてほしいのです」

「セディユ？　そうね、ではセディユに頼むことにするわ。あの子も日頃の家庭教師のお礼だと言えば渋々でも付き合ってくれるでしょう。私がそんなにモテるとは思えないけれど、でもそれであなたが嬉しいのなら」

「ありがとうございます。これで安心して仕事に集中できます」

そんな風に笑うギャレットの顔はなんだか仕事をする大人の男の人の顔になっていて、ついじっと見惚れてしまったアスタリスクだった。

ああ神さま、私がこの笑顔を、ずっとずっと覚えていられますように……。


離れてしまったら、きっと顔だっていつまで鮮明に覚えていられるかわからない。

どんなに好きでも、記憶はだんだんおぼろになるだろう。

そして私はこれ以上の彼の顔を知ることもないのだろう。

誰かとデートするときの顔、誰かにプロポーズするときの顔、夫としての顔や父親としての顔を、アスタリスクが見ることはないだろう。

きっと彼は良い夫に、そして良い父親になると思う。そして妻にも惜しみない愛情をかけるのだろうと思うと、なぜ自分があれほどまでに公爵令嬢という立場に固執したのかもわからなくなる。

あのときおとなしく追放されていたら……？

そんなことを考えてしまって、慌ててその考えを手放すのはもうこれで何回目だろうか。

でも王族に追放されるということは、罪人になるということで。その結果一生この国の土も踏めなくなるというのに。

彼がブレイス商会という素晴らしい彼の人生を捨ててまでアスタリスクを選ぶことはないだろうし、もしも万が一にでも彼がそう言い出したら、きっと自分が止めるだろうとも思うのに。

それでもつい夢を見てしまう自分がやめられなかった。

でも、ギャレットが卒業したら、少しずつでも現実に向き合わなければ。

たとえば、ランドルフ侯爵家の申し出についてとか……。

「姉さま、ため息をついてどうしたんです？　姉さまにもこの問題は難しいのですか？」

きょとんとした顔で聞くセディユの声に、はっと我に返ったアスタリスク。

セディユに数学の問題集を解かせているところだったのを思い出す。

「あら、そんなことはないわ。ちょっと考え事をしていただけ。ギャレットが卒業してしまったら、あなたも大好きな魔道具をもう見せてもらえなくなってしまうわね、とかね？」

「別に魔道具はお小遣いをためて買うからいいんです。ギャレットさんが卒業しても、ブレイス商会が無くなるわけではありませんしね。でも姉さまは寂しいのですね？　もう、いいかげん素直になって彼に好きだと言えばいいのに」

「セディユ……もしかしてあなた、私に振られてほしいの？」

「はあ？　そんなことないでしょう。何を言っているんですか。ギャレットさんだってどう見ても姉さまのことが大好きじゃあないですか。あんなに姉さまにつきまとってあんなに他の男を堂々と蹴散らす様を見て僕はちょっと呆れていますよ」

「でもそれはよくある『一番の取り巻き』という地位のためかもしれないじゃない？　なにしろ私はコンウィ公爵家への強力なコネなんだから」

「は？　姉さまは相変わらずポンコツですか。それともわざとですか？　彼はそんな私利私欲だけでこんなことをするような人間ではないでしょう」

「でもそうかもしれないじゃない。演技が天才的に上手いのかもしれないわよ？　それに絶対にそうじゃないと言える？　私……もう付き合いも長いのに、一度も愛しているとか付き合ってくれとか、そんなことは言われたことがないのよ。だからたぶん、それが本心なんだと思うわ」

そう、いつも思わせぶりなのに、絶対に決定的なことは言わない人。

なんてずるい男。

「姉さまのほうから好きだと言うのを待っているのかもしれませんよ」

「自分からは言わないのに？　それに、私がそれを言ったとしてどうなるの。それで何か未来が変わるわけでもないのに。身分も立場も違いすぎて、ただ彼に迷惑をかけるだけよ」

「とか言って、本当はフラれるのが怖いだけなんじゃないですか？　大丈夫ですよ。僕からみても彼は姉さまのことが大好きですから。というよりもういい加減くっついてほしいんですよね。いい加減僕はこんな苦労からは解放されたいです」

なんだか前にも見た、少々やさぐれたセディユがそこにはいた。

このお勉強以上に何を苦労しているのかは知らないが、セディユはセディユで苦労しているらしい。お勉強に身が入らないのもそのせいなのかもしれない？

だが。

だからといって、じゃあ告白、なんてもちろんできるはずもなく。

「苦労って……。それを言うなら私がギャレットを好きだと噂されたり、ましてやもしも万が一彼と付き合ったりしたほうがスキャンダルになるでしょう。そうしたら未来のコンウィ公爵として、あなたも苦労することになるのよ？」

「あ、それはいいです、もう。言ったでしょう、僕は姉さまの幸せを願っているって。それは具体的に言うとギャレットさんと相思相愛になることだと思うのです。それにもう、僕はほとほと疲れました」

なんだか一人で勝手にどんどんやさぐれていくセディユ。

「そんな、余計なお世話よ……弟に心配されるような問題ではないわ。それよりあなたは、お勉強を頑張らないと。学年末のテストはなんとかなったかもしれないけれど、来年はもっと難しくなるのよ？」

「ああ……はい、がんばります……」

がっくりと肩を落としたセディユを見ながら、アスタリスクは思った。

もしも彼から愛を告白されていたら、どんなに幸せな気持ちになっただろうか。

もしも身分を捨てて一緒になってくれと言われたとしたら……？

だけれど現実の彼は、ただずっと一緒にいて、常に後ろに控えていて、そしてかいがいしく世話をやくだけで。

別にそれはアスタリスクの主観ではなくて、既に「専属執事」と揶揄されているのだから周りからもそう見えているということである。いわば主人と忠実な使用人。

だから誰も、アスタリスクがギャレットに恋をしているとは思っていないはず。

そして、誰もギャレットがアスタリスクに恋をしているとも思っていない。そう、アスタリスクを含めた、誰も。

二人は誰がどう見ても、ただよく一緒にいる仲の良い友人というだけの関係だった。

それももう、終わってしまうけれど。

「そういえば姉さま、もうすぐ校外活動がありますね。僕、魔の森は初めてなのでちょっと緊張します」

「まあ、そうだったわね。でも魔の森と言っても、最近は何もないから大丈夫でしょう。それに学院だって生徒を危ない目に遭わせるつもりはないでしょうし」

卒業式を前に上位三学年だけが行く一泊二日の校外活動は、王都の端にある「魔の森」と呼ばれる森の端まで行って魔物を間近に見るという宿泊行事だった。

昔は魔物がたくさん住んでいて、森の端にもそれほど害のない小さな魔物がよく出没していたらしい。

だからかつてはその魔物を実際に見て、簡単な対処法を実践するための行事だったのだが、近年は魔物の数が激減しているらしく魔の森でも端のほうでは全く見なくなってしまっているので、今では単なる思い出作りのための宿泊行事となっていた。

もちろん対処法はちゃんと学んでいるので、万が一遭遇したときの対策はして行くのだが。

対処法といっても下手に攻撃しないとか、火で追い払うとか、だめなら大声を出して威嚇しながら急所を狙えとか、そんな一般的なものなのだが。

弱い魔物は臆病なので、たいていはそれで襲われないし、襲われても命に関わることはほとんどない。

しかし魔物を見たことがない生徒の中には、セディユのように不安になる生徒もいるのだった。

しかしもうここ数年は一匹も魔物に遭遇していないという話なので、アスタリスクはあまり心配していない。

「今年も魔物が出ないといいです。寮を出て外泊というのはわくわくしますけどね。あ、姉さまはギャレットさんに素直な気持ちを伝えるには良い機会じゃないですか？　身分なんか忘れればいいんですよ。もう僕はやきもきしながら見守るのにも疲れました。いいかげんくっついてください」

「だからそれは余計なお世話だって言っているでしょう。たとえ私が身分を忘れたとしても、彼が忘れることはないでしょうし。平民は貴族に逆らえないんだから、私が付き合ってと言ったら彼は逆らえない。そんな私が彼を権力で縛るようなことはしてはいけないの。今の関係が一番いいのよ」

「姉さまがそう言うから、もうずっと現状維持なんでしょお〜〜⁉」

まるでもう絶望した、みたいな顔をしてそう言うセディユを、アスタリスクは困った顔で見返すことしかできなかった。

第七章

全てはあなたのため

Chapter 7

そうこうしているうちに、セディユが心配していた校外活動の日がやって来た。

「アスタリスクさま、万が一魔物が出たときのために、こちらをお持ちください」

早速ギャレットがまたアスタリスクの世話をやき始める。

「ありがとうギャレット。これはなあに？」

「ちょっとしたお守りです。あなたを魔物から守ってくれるでしょう。もし助けがほしいときは、迷わずこのペンダントを引きちぎって投げつけてください」

「本当にあなたは心配性ね。でも私、ちゃんと対処はできるわよ？　授業でも練習したじゃない」

「でも男女で行動が別のときもありますし、俺がいつも張り付いていることはできませんから」

「だから、別にあなたがいなくても私は大丈夫なのよ……」

思わず白目になったアスタリスクだった。

本当に最近は過保護がひどい。

もはや執事なのか護衛なのかわからないわね。

でもそんなギャレットの周りを、

「ギャレットさまぁ～、私も魔物が出たら怖いですぅ～」

なんて言って彼を囲む令嬢たちもいて。

「ギャレットを婿に迎え隊」がいつの間にやらできたようで、最近は集団で押しかけるようになっていた。

そんな令嬢たちにはギャレットが、

「わかります、怖いですよね。でも実はペンダントはあの一つしか用意できなくて。ああでも、魔物に会わないですむような魔物避けのお守りなら少々ご用意がありますよ。ただ俺から買ったのが先生にバレると面倒なので、絶対に秘密にできる方にしかお売りできないのですが」

「きゃあぁ～！　もちろんですわ、絶対に内緒にします！」

なんて、なんだか令嬢相手にちゃっかり商売するようになっていた。

ちらりとそんな様子を横目に見ながら、アスタリスクはギャレットから渡されたペンダントを制服の下にしまった。

ギャレットがアスタリスクに張り付いているのは前からだけれど、最近はすっかりギャレットも人気者になって、今みたいな場面を見るとアスタリスクはやっぱりもやもやとした気分になってしまう。

そんな権利はないと知っているのに、つい彼に近寄る令嬢たちを気にしてしまうのだ。

あんなに積極的に好意を寄せられて、ぐらつかない男の人なんているのかしら？

でもそのたびに、自分には口を出す権利はないのだと自分に言い聞かせる。

彼が自分の側にいて、こうしてあれこれと世話をやくのももう少しの間だけ。

その時間を大切にしたいと、渡されたペンダントを服の上から触れながら思うアスタリスクだった。

昼間は集団で、魔の森周辺の散策が主な活動だった。

転々と建てられた休憩場所をつなぐ道を集団で歩いて行く。

さすがにここではぐれると危険だということで少々ピリピリした空気を感じつつも、結局は昔には出ていたであろう小さな魔物さえも見ることはなく、一日目の行程を終えたのだった。

「魔物が出なくてよかったですわ。もしも出てきたら怖くて、私、何もできなかったかも」

「そのときは僕が守りますよ」

「まあなんて頼もしい」

なんていう微笑ましい交流を、今日一日だけでどれだけ見たことか。

しかし魔力の高いアスタリスクは、一番弱い魔物、スライムらしき存在を森の少し奥に感じたことが実は何度かあった。

他の生徒たちは気づいていない様子だったし、スライムのほうも人の気配に恐れをなしたのか、生徒たちに見えるところまでは出てくることはなかった。

でもあのスライムたちと仲良くできたら、どんな話が聞けるのかしら？

ふとそんなことを思ったアスタリスクだった。

レジェロたちの会話はいつ聞いても無邪気で楽しい。

実は魔の森の端を歩いているときも定期的にやって来ては近くの木から、

『あすたーここわいとこだよ？　もう行くのやめとこ？』

『あすたーあすたー、もう帰ろう？　あちこちにこわいのいるよー？』

『ほらあそこもー！　ぐにゃぐにゃしたのがいるー！』

『おいしくさなそうー』

などといろいろ言ってきていたのだった。

ちょこちょこ近くまで飛んできては去って行くレジェロたちの様子を、周りの人たちがあまり気にしていなかったのは幸いである。

人前で鳥と会話をしたら頭がおかしくなったと思われかねないと思って黙っていたが、アスタリスクだけでなく、鳥たちにも魔物が周りにいることがわかるようだ。

魔の森は魔の森だったということね。

ということは、もしかしたらこの広大な森の奥には、まだそれなりに強い魔物が潜んでいるのかもしれない。

「あなたは『魔物が出なくてよかったわ、怖かった～』とか言わないんですか？」

夕方考え事をしていたら、すぐ横からギャレットがアスタリスクにそんなことを言い出した。

「言わないわよ。だって怖くないもの。小さいのはいたみたいだけれど、あれくらいならすぐに追い払えそうだし？」

「さすが高位貴族の魔力です。よく気づきましたね。何がいたのかはわかりましたか？」

「スライムだと思うわ。位置が低くて移動がゆっくりだったし、鳥たちがぐにゃぐにゃしているって」

「鳥の目を通すのはズルくありませんか」

「だって言っていたんだもの。それにズルいってなに。実力のうちでしょう」

そう、鳥たちの言葉を聞くのもアスタリスクの能力の内だと思うのだ。

「すっかり仲良しですもんね。レジェロがあなたの肩にとまったのを、何人かの人が見たらしくあなたの優しさを鳥たちが知っているのだとかなんとか言っていましたよ」

「本当はただの餌付けの成果なのにねえ」

ちょっと苦笑いしたアスタリスクだった。

しかしスライムの存在はちょっと気になる。

スライム自身は凶暴というわけでもないし、単体ならば命に関わることもまずないだろう。

そう思って、全ての行程が終わった就寝前の自由時間に、宿泊棟の庭に出てみたアスタリスクだった。

もしも気配が感じられたら、探してみよう、そんな気持ちで。

もちろん建物の周りは広く見晴らしがいい庭が広がっていて、何か魔物が迷い込んでもすぐにわかるようになっている。

ここには貴族の子弟が集う前提なので、警備は万全なのである。

常に見張りが見張っていて、何かあったら必ず誰かが駆けつけるだろう。

そんな安心感からか、のんびり外の空気を吸いに出ている生徒は他にもちらほらいる。

そんな中、さりげなく庭の端に行ってみるアスタリスク。

さすがに食事の後は男女別行動なので、久しぶりにアスタリスクは一人だった。

ギャレットもセディユもいないと、なんだか落ち着かないわね……。

そんなことを思いつつ、庭の端をウロウロしていたとき。

「こんばんは、コンウィ公爵令嬢。僕、ちょうどあなたを夜のお散歩にお誘いしようと思っていたんですよ」

そう声をかけられて驚いた。

見ると、見知らぬ男子生徒が立っている。

男女で分かれているはずなのに、ここに男子生徒がいるということに違和感を覚えたアスタリスクは、適当にあしらってこの場を離れるほうがいいと判断した。

そこで一言断りだけ入れてさっさと引き返そうと口を開いたちょうどそのとき、アスタリスクは突然後ろから口を塞がれ、そのままぐいっと後ろに引っ張られ、あっという間に抱きかかえられて庭の外、つまり魔の森の中へと引きずり込まれてしまった。

驚きで声も出ないアスタリスク。

と言っても口を塞がれているのでどのみち出せなかったのだが。

そして連れて行かれた先にいたのは、なんとフィーネとその取り巻きらしき生徒たちだった。

そういえば、この行事は三学年合同だ。

ということは、一学年下のフィーネも来ていたということだ。

「お久しぶりですぅ？　アスタリスクさま」

そう言うフィーネは、なぜかとても楽しそうな様子である。

「フィーネさま……？　これは一体どういうことです？」

戸惑いを隠さずに聞くアスタリスクにフィーネはきょとんとした顔で、さも驚いたといわんばかりになって答えた。

「え？　どういうことって、見てわからないんですか？　もう私、困っちゃってぇ。アスタリスクさまがあーんなことをされるから、私、あれからみんなに後ろ指差されるわ悪口言われるわ本当に苦労ばっかりなんですよう」

「それは、身から出たさびというものではないですか」

「えぇぇ？　やだ……自分のことは棚に上げて全部私のせいですかあ？　私はフラットさまと結婚

して幸せになるはずだったのに、あなたがぜーんぶ壊しちゃったんじゃないですかぁ」

「あなたがフラット殿下と結婚したかったのであれば、怪しげな魔道具なんて使わずに正々堂々とフラット殿下と恋愛されればよかったんですよ。わたくしは別にそれでもよかったのです」

現にフラット殿下があんなに薄情な人だと知ってしまった後は、彼と結婚なんて本当はしたくないと思っていたのだから。

しかしフィーネにはそんなアスタリスクの心情などは全く想像できなかったらしく、苦々しい顔をして言った。

「そういうきれい事を言えるってことが、恵まれた立場に生まれたおかげだって事がどうしてわからないんですかねえ。ああ憎ったらしい」

それに対し、アスタリスクも毅然と返す。

「たしかにわたくしは恵まれた立場に生まれたのかもしれません。でも、そういう場所に生まれついたからこそ、果たさなければならない義務も同時にあるのですよ。それがフラット殿下との政略結婚でした」

そしてそれを拒否できる立場でもなかったのだ。

「あーあーそんなきれい事を言いながら、あなた結局は王妃になるつもりだったじゃあないですか。いいですよねー、公爵家に生まれたってだけでそんな美味しい人生が用意されちゃうなんて。私みたいな生まれの人間には普通だったら絶対になれないのに。だから私みたいな立場から王妃になろうとしたら、使える手は全部使わないとダメなんですぅ」

「あなたは、王妃になりたかったのですか？」

アスタリスクはとにかく会話を続けようと思った。

ここから一人で逃げるのは厳しいだろう。もし全力で走ったとしても、今自分の周りにいるフィーネの取り巻きの男子生徒の誰よりも早く走れるという自信はない。

それに周りを暗い森に囲まれていて、もはやどちらの方向に逃げればいいのかもわからなかった。

でもこうして時間を稼いでいるうちに、異変に気づいた警備の人たちがきっと駆けつけてくれるだろう。だからそれまでなんとかこれ以上悪い状況にならないようにしなければ。

「そうよ？　もちろん王妃さまになりたかったの。愛人なんかじゃあなくてね！　でもあなたのせいで私の人生設計がめちゃくちゃよ！　偉さが全然違うじゃない！　しかも後ろ指を差されるような立場なんて許せない。それもこれも全部あなたのせいよ。だから、あなたの人生もめちゃくちゃにしなきゃあ、平等じゃあないでしょう？　まさかお偉い立場に生まれたからって、自分だけ幸せになろうなんて許されないのよ」

「それで、どうするつもり？　わたくしはもうフラット殿下とは婚約を解消しているのよ」

「でもそれだけじゃあ、どうせそのうち家の力であなたはどこか別のお貴族さまと結婚して、貴族夫人として悠々自適な生活でしょう？　ドレスにパーティーにお買い物。私はもう貴族と結婚なんて望めないのに、なんてズルいの。だから、あなたにも絶対に貴族と結婚なんてできないようにしなきゃ、納得いかないじゃない」

にたり、とフィーネが笑った。

「……殺すの？」

フィーネの笑いが不吉に思えて、思わず最悪のことを考えた。

「えぇぇ？　やあねえ。殺しちゃったら、あなたは『殺されちゃった可哀相な公爵令嬢』のままじゃないのお。私は、あなたを笑いものにしたいのよ。自分の人生を悲観して、死にたいほど惨めな気持ちで人生を送らせたいの。私と同じようにね！　あんたたち、もういいわよ。さあ、あいつを好きにしちゃって！」

フィーネが取り巻きの男たちに言った。

取り巻きたちはごくりと唾を飲み込んで、アスタリスクのほうにじりじりと近づいてきた。

つまり、アスタリスクを汚そうというのか。

貞操は貴族の結婚で一番重要視されると言っても過言ではない。

だからここで乱暴されてそれが吹聴されてしまったら、きっとフィーネの思惑通り、アスタリスクはもうまともな結婚はできなくなるだろう。

貞操を疑われることに比べたら、去年のスキャンダルなんてまだかわいらしいとさえ言える。

もしここでフィーネの思惑通りになってしまったら、もちろんランドルフ侯爵家からの申し出もあっさり解消されることになるだろう。

そしてアスタリスクは一生隠れるようにして生きていかなければならない。

それは貴族令嬢としての、社会的な死だった。

「もしもそんなことをしたら、あなたたち全ての家に、必ずわたくしの家から報復があるでしょう。あなたたちの家が、家族がこの先どんなことになってもいいの？　それともわたくしと一緒に地獄へ落ちるつもり？」

できるだけ時間を稼ごうと、アスタリスクは取り巻きたちに向けて言った。

フィーネには迷いが感じられなかったが、じりじりと近づいてくる男子生徒たちの足取りにはまだ迷いが見えるような気がしたから。

しかし。

「すみません、アスタリスクさま。俺たち、彼女に逆らったらもうそれだけで破滅なんですよ。家から縁を切られて、逮捕されるか貧民街行きなんです。でも彼女の言うことを聞いていれば、全部フラット殿下に取りなしてもらえるんで。やっぱ公爵家より王族かなって」

一人が言った。

他のとりまきたちもそれを否定せずに気まずそうな顔をしているということは、おそらくみんな似たような状況なのだろう。

フィーネが勝ち誇ったような満面の笑みを浮かべた。実に楽しそうだ。

しかしどうにか時間は稼ぎたい。

「でも……でももうすぐ警備の人たちが駆けつけるでしょう。今ならあなたたちは脅されていたということで罪は軽いでしょうけれど、もし一度手を汚してしまったらもう、確実に犯罪者になるのよ」

するとフィーネがさらに楽しそうな顔になって言った。

「ええっ？　警備なんて来ないわよ？　やだあ、私がそんなドジ踏むわけないじゃない～。もちろん誘拐現場は魔道具で隠蔽しているから～。もちろんこの場所だって、ちゃーんと隠しているから誰にもわからないし？　もうどんなに近くに来てもなんにも見えないし聞こえないようにしてあるから、安心して陵辱《りょうじょく》されてちょうだいねえ？」

そうフィーネが高笑いをした、そのとき。

『ねえねえあすたー、なにしてるのー？』

レジェロが一羽、飛んできたのだった。

アスタリスクがびっくりしてレジェロを見上げる。

まさか……ここまでついてきたの？　あんなに魔の森を怖がっていたのに？

そして野鳥には、フィーネの魔道具が効かなかったの？

と思ったら。

『もーさがしちゃったー！　でもここ、まうえからしかみえないの、おもしろいねー！　あすたーかくれんぼ？　たのしい？』

どうやら探してくれていたらしい。

アスタリスクの真上にある枝にぶら下がりながら、レジェロがアスタリスクに呑気に語りかける。

『なになにー？　あっ、あすたーみーつけたー！　なにしてるの？』

そこにもう一羽も来た。

これは、なんて好都合なの。

周りの人間たちは、上にいる野鳥には全く気づいていないようだ。

なので。

「なあんですってー？　いやあ！　だれか、たすけてえーー!!」

思いっきり魔力を込めて叫んだのだった。

確実に伝わるように。聞き逃されないように。

「は？　突然びびったの？　妙に落ち着いていると思ったら、へえ、警備を待ってたんだあ〜。それは残念でしたあー！」

なんて目の前でたとえフィーネが勝ち誇ろうと、完全無視でアスタリスクはさらに叫んだ。

「乱暴されるうー！　たいへん！　死んじゃうかもー！」

『しんじゃう？　しんじゃうの？　あすたーたいへん!?』

『あすたーがたすけてって言った！　あすたーがたすけてって！』

『でもあんなたくさんのひと、どかせないよ!?』

『ひといっぱい！　でもあすたーたいへん！』

レジェロたちが慌てておろおろし始めた。

そんな間にも男たちがアスタリスクの制服の胸元辺りをいじりながら下卑た笑いを浮かべて言う。

「いや殺すなって言われてますからね、殺しはしませんよ。さすがに俺たちも人殺しはしゃれにならねえ。ただちょーっと良い思いをさせてもらおうってだけですよ。げへへ」

「もう諦めてアスタリスクさまも楽しみましょう？　案外気に入るかもしれませんよ？　ぐへへ」

しかしそんな男どものことも放って、アスタリスクはレジェロの様子をひたすら感じていた。

レジェロたちはおろおろしながら枝の上で右往左往している。

うーん、これはパニックになって、どうしていいかわからない感じ……？

仕方ないので、

「いやー！　やめて！　たすけてえええ！　ギャレット！　ギャレットはどこー！」

すると、

『ぎゃれー？』

『あすたー、ぎゃれーよんだ？』

『ぎゃれーいないよ？』

さすがレジェロである。日頃のおやつの恩は忘れていなかった。アスタリスクがギャレットを呼んだことはわかったらしい。

しかし残念ながら頭をかしげて考えている場合じゃあないということは、わからなかったらしい。

仕方がないので、

「ギャレット、に、たすけてー！　って！」

もうちょっと具体的に言うことになった。

『ぎゃれーにたすけて？』

『ぎゃれーに、たすけて！』

さすがにそこまで言ったら伝わったらしい。

良かった！

「ふふ、恐怖で混乱しているみたいね。言葉が意味不明よ、いい気味！」

フィーネがそれはそれはご満悦だが、そんなことはもうどうでもいい。

レジェロたちが慌てて飛んで行くのを目の端に捉えてから、またアスタリスクは頭をフル回転で時間稼ぎに専念した。

「待って、そんな乱暴にしないで。服が破れるじゃないの」

「なに言ってんですか、この状況で服の心配ですか？　余裕ありますねえ？」

「だからやめて！　ボタンだって繊細なのよ。とにかく乱暴にしないで！」

「もううるせえんだよ！　この状況でなに言ってやがる！　ああ、じゃあそんなにその制服が大事なら、いっそ自分で脱いでいただきましょうか？　別にそれでもいいですよ。高嶺の花がこんなところで俺たちのために裸になっていくのを眺めるってのもまた……」

「わたくしが？　あなたたちのために？　こんなところで？」

「破くなって言うなら、それしかないでしょう？　さあどうぞ」

「もうぐだぐだうるせえんだよ！　女一人くらい、殴って言うことを聞かせればいいんだ！」

「まあ乱暴」

「お前……今の立場がわかってんのか!?　もういい！　やっちまおうぜ！」

「いいわねえ、ああいいわねえ……！　そうやってじたばた無駄な抵抗をする無様な姿が、ざまあみろって感じですごーくいいわねえ！」

少し離れた所から、フィーネがにたにた笑いながらずっと高笑いをしていた。

一番興奮して怒鳴り散らし始めた生徒が、乱暴にアスタリスクの胸元を鷲づかみにしてアスタリスクを宙づりにした。

首が絞まって息が詰まる。と、そのとき。

ぶちっ。

何かが切れた。

……？

あ、もしかして……ギャレットのくれたペンダントの鎖、が、切れた……？

そう思ったとき。

ぴっかーーーーっ！

きぃいいぃーーーーーん！

突然アスタリスクの胸元から、強烈な光でできた柱が天に向かって立ち上がり、そして同時にその光は、大音響の甲高い金属音を辺りに響かせたのだった。

「うおっ!?　ああっ！　目が……目が……いや耳が……！」

アスタリスクをつかんでいた生徒が驚いて手を離した。

アスタリスクの目の前で真っ白な光が真っ直ぐに立ち上り、上を見るとその光がどこまでも天高く伸びているのが見えた。

周りを見てみると、その音と光の眩しさに周りの全員が目を開けられずに耳を塞いで右往左往している。その顔を見る限り、随分と眩しそうではあるのだけれど、不思議なことにアスタリスクにはそれほど眩しいわけではなかった。

啞然としつつも我に返るアスタリスク。

これは……逃げられるわね？

きぃいいぃーーーーん！

光の柱は大きな金属音を発したままだ。

それはそれはうるさいので、今まで意気揚々としていた生徒たちがみんなもだえ苦しむくらいには尋常ではない音なのだった。

あの小さな石か細い鎖の中に、まさかこんなものが仕込まれていたなんて。

アスタリスクはとっさにできるだけ人の少なそうな場所を探してそこに向かって走ろうと一歩踏み出した。

と、そのとき、突然ぐいと腕を引っ張られて、アスタリスクはそのまままた拘束されてしまったのだった。

しまった！　捕まった！

焦るアスタリスク。が。

「無事か!?　どこも怪我してないか!?」

アスタリスクが焦ってどうにか逃げようともがいた瞬間、突然頭の上から聞き慣れた声がして、アスタリスクは捕まったのではなく保護されたのだと理解した。

「あっ！　……えーと、無事よ……」

「よし！　よく頑張った！　もう大丈夫だ！」

力強くアスタリスクを抱きしめるギャレットの腕が、温かくて頼もしい。

思わずほっとして、そっと抱き返してしまったアスタリスクだった。

強い光と大きな金属音を発していたペンダントをアスタリスクの服の上からギャレットが手で押さえると、不思議なことに光も音も静まった。

「ありがとう……ギャレット」

アスタリスクは心からの感謝を込めてお礼を言った。

よかった。彼が来てくれた。私を見つけてくれた……。

『まにあったー?』

『あすたーだいじょうぶ?』

『ぎゃれーたすけた?』

『たすけた!　ぎゃれーたすけた!』

「ありがとう……あなたたちも……」

アスタリスクは近くを飛び回っては鳴いているレジェロたちにもお礼を言った。

「なぜ……?　ここは誰にも見つからないようにしていたのに……ちゃんと隠してたじゃないの!」

ここに突然ギャレットが現れたことに、フィーネが動揺してキレていた。

見るとポケットから取り出した何かを啞然としながら叩いている。

おそらく、それがこの場所を誰にも関知されないようにするという魔道具なのだろう。

「魔道具の効果は、込められた魔力が大きいほうが勝つんだよ。俺の本気にそんじょそこらの魔道具が勝てると思うなよ?」

ギャレットが、アスタリスクをぎゅうぎゅうと抱きしめたまま勝ち誇ったようにフィーネに言っていた。

「うそ……これ高いのに！　魔力だって入れるのすっごく時間かかったのに！」

「それでも魔力が足りなかったようだな」

アスタリスクの頭の上で、ギャレットがふんと鼻で笑ったような気がした。

「大丈夫ですか!?　何があったんですか！」

そこへ、警備の人たちが駆けてきた。

その声を聞いて一斉に走って散るフィーネとその取り巻きたち。

「させるか！　あっちだ！　捕まえろ！」

初めて聞くギャレットの怒号。

「レジェロたち、逃げた人たちを追い掛けて！　でも手は出してはだめよ！」

アスタリスクも叫んだ。

ギャレットがポケットから何かを取り出して、レジェロに投げながら言った。

「追い掛けついでにこれをぶつけろ！　上から落とすんでいいぞ！」

『なにー？　おいかけっこ？』

『たのしい？』

『おいかけっこ、やるやるー！』

ギャレットの投げたものをいつものおやつと同じように嘴ではっしと受け止めたとき、アスタリスクはギャレットの言葉を通訳した。

「逃げた男たちを追い掛けて！　それをしっかりぶつけたら、おやつよ！」

『わかった！　ぶつけたらおやつ！』

『おやつわかった！　ぶつける！』

『きゃほー！　おやつだがんばるぞー！』

そうして意気揚々とレジェロたちは飛んで行った。

結論から言うと、レジェロたちはとても良い仕事をした。

警備の人たちは、あっという間に逃げた生徒たちを見つけ出しては連れ帰ってきたのだから。

レジェロたちのぶつけたものが蛍光ピンクに発光して、暗い森の中でも居場所がとてもわかりやすかったらしい。

後にアスタリスクがギャレットに聞いたところ、今回ギャレットの使った魔道具は「防犯ぶざー」と「防犯からーぼーる」というものだそうだ。

言葉のそれぞれの意味はわかるが、そんな名前の魔道具があるとは知らなかったアスタリスク。

「世の中には私の知らないものがたくさんあるのねえ」

そんなことを言いながら、大活躍のレジェロたちにたっぷりとおやつをはずんだアスタリスクである。

「ねえざま～！　ごぶじでよがづだ～～!!」

アスタリスクがギャレットと一緒に宿泊所に帰って来て、真っ先にそう言って半泣きで駆け寄ってきたのはセディユだった。

どうやらギャレットからアスタリスクがいないと真っ先に知らされて、一緒に探していたらしい。

後からわかったことだが、その結果、それはもう宿泊所全体を上げての大騒動になっていた。

貴族の子弟が集まる学院の宿泊行事で、高位貴族の生徒が行方不明になるなど大問題なのだ。

帰って来たアスタリスクはげっそりと疲弊した様子の教師たちに呼ばれ、誘拐時の様子を詳しく聞かれることになった。

その結果、アスタリスクの話から、加担した生徒たちの全員が捕縛されたということがわかった。

唯一、フィーネを除いて。

うっかりアスタリスクがレジェロたちに、「男たちを追い掛けて」と指示してしまった結果、男でないフィーネが見逃されてしまったらしい。

しかしフィーネはいまだ宿泊所には帰ってきていないことから、そのまま逃げたと思われる。

フィーネはフラット殿下のお気に入りの生徒であったために、王子の怒りを恐れた教師たちによってその後も魔の森の捜索が続けられたが、結局次の日に生徒たちが学院に帰るまで見つかることはなかった。

また捕まった男子生徒たちにも一通り教師による聞き取りが行われ、その結果、とにかく脅されて言うことを聞くしかなかったとばかり言っていることがわかった。

しかしその脅されたという弱みが、どこにも見当たらないそうで。

そのためそれを聞いたギャレットが、「フィーネの魔道具による洗脳ではないか」と言い出して、とうとう聞き取りをしていた教師たちもこの問題は一旦保留にして、学院に帰ってから改めて真相を解明するという結論になったのだった。

ギャレットが言うには、なんらかの魔道具によって「とにかく絶対服従、反抗不可」という刷り込みがされた可能性があるとのことだ。

もちろん男子生徒たちの様子だけでは魔道具の可能性は断定できないのだが、なにしろフィーネが堂々と魔道具を使っていたのをアスタリスクもギャレットも見ている上に前科もあるので、他の魔道具も持っている可能性は否定できない。

そうなるといかんせん知識不足の教師たちの手には負えず、学院に帰ってからしかるべき方面へ相談ということになったのだ。

大きなショックを受けただろうと教師陣に心配されたアスタリスクには、一通りの事情聴取の後、アスタリスクが落ち着くためにと静かな部屋が提供された。

でもギャレットとセディユが常に付き添ってくれていたおかげで、実は教師による事情聴取が終わった頃には、アスタリスクは比較的冷静になっていた。

「魔道具の知識を国民全体が持っていなければ、いつか大変なことになりそうね」

アスタリスクは今回のことで、魔道具を悪意のある人が活用すると何も知らない人はひとたまりもないことを骨身に染みたのだった。

「大変なことならもう起こりましたよ！　姉さまが……姉さまが！　殺されるところだったんですから！」

セディユが泣きながら叫んだ。

「あ、乱暴目的だから殺さないとは言って……」

「同じ事です！　つまり姉さまの人生をめちゃくちゃにしようとしたんです！　僕は、絶対に許しません！」

「と、あなたが怒り狂っているから、犯人たちはもう家に返されたのよね」

このコンウィ公爵家嫡男の激しい怒りを受けて、貴族の家同士の確執《かくしつ》をできるだけ避けようとしたのか犯人の生徒たちはひととおりの事情聴取のあと、すみやかに家に強制的に送られて既にこの場を離れていた。

怒り狂ったセディユや被害者であるアスタリスクに万が一にでも暴言など吐かれたら、新たな騒動になりかねない。そのときにはさらなる学院の責任問題に発展するとでも思ったのだろう。

それに……。

「何か魔道具の影響が残っていたらまずいから、とりあえず犯人たちの隔離はしたほうがいいでしょう」

ギャレットが教師たちにそう進言していたせいもある。

そう、彼らが今も洗脳状態である可能性が否定できないのだ。

さらなる加害や発作的な自殺などされたらたまらないという教師たちの本音も理解できなくもない。

興奮しているセディユは放っておくことにして、アスタリスクは改めてギャレットにお礼を言った。

「結果的にギャレットの魔道具のおかげで助かったのよね。ありがとう、ギャレット。あのペンダントがなければ、今頃はどうなっていたか」

「あなたが無事で本当によかったです。実はあのときは鳥たちに呼ばれてもう近くまで来ていて、あと一歩のところでわからなくなっていたのです。だから発光後すぐに駆けつけることができました。あなたを助けられてよかった」

ギャレットが微笑んだ。

アスタリスクに向けられたその笑顔を見たとき、アスタリスクは心から助かって良かったとしみじみ思ったのだった。

そして同時にアスタリスクを抱きしめた、たくましいギャレットの腕の力強さや体温を思い出し

——

「そ、そうだったのね。頑張ってレジェロたちにお願いしたかいがあったわ……。それにしてもギャレットに私の人生を助けてもらったのがこれで二回になってしまったわね。私たちコンウィ公爵

家は、あなたへのこの恩を絶対に忘れないでしょう」

「その通りです！　僕は、あなたに心から感謝しています！」

　ぐりんと顔をギャレットのほうに向けて、セディユが力強く言った。

「私も本当に感謝しているの。ありがとう、心から。私はあなたに、もう返しきれないほどの恩をもらってしまった。だからお礼をさせてね。あなたがこの先卒業しても、いつか何かに困ったときは、必ず私を思い出して。私はいつでも、できる限りあなたにご恩返しをするとここでお約束します。それでも返しきれるかわからないけれど」

　この恩を、自分にできる精一杯のことで返したい。他には何もできないから、せめてあなたが困ったときくらいは私にできる精一杯のことを。

　しかし。

「……俺は、そんな見返りのためにあなたを助けに行ったわけじゃないんですよ。そんな言葉を聞きたかったわけじゃない。俺がほしいのは……そんな言葉じゃないんです」

　なんだかギャレットが悲しげな顔になってしまった。

「でも、あなたに感謝しているのは本当で……。だからたくさんお礼がしたかったの。私の援助なんて、あまり頼りにはならないかもしれないけれど」

「……感謝は受け取りました。しかし、援助はいりません。そんなものを期待してあなたを助けたのではないのですから」

「でも他に……私にできることは何もなくて……」

差し出したつもりが拒否されて、アスタリスクはおろおろしてしまった。

そんなアスタリスクを見てギャレットは、なぜか少し寂しそうな顔になって、

「もう落ち着いたようですから、俺はいなくて大丈夫でしょう。後はセディユさまにお任せします」

そう言って、静かに部屋を出て行ってしまった。

「あの……姉さま、ギャレットさんがほしかったのは、姉さまの本心だと思いますよ……？　ギャレットさんを好きだと、多分その一言がほしかったのでは……」

途中から部屋の隅で空気に徹していたセディユが、その場所からぼそりと言った。

「……でも、それを言ってどうするの……それで何か事態が変わるとでもいうの……？」

アスタリスクは泣きそうな気分だった。

いっそ泣けたらどんなによかっただろう。でも。

彼を想って泣き崩れることはできなかった。

つい流れ落ちそうになった涙をぐっとこらえて下を向く。泣き顔を見せない、それは公爵令嬢として育ってきたために身についた癖だった。

でも。

ああ、あんなに固執していた公爵令嬢という立場を、まさかこんなに邪魔だと思う日が来るなん

て思わなかった――

それからのギャレットはますます忙しくなったのか、アスタリスクにあまり張り付くことはなくなった。

といっても卒業はもう目の前だ。

だからこれは、彼と離れる練習だと思おう。

そう思いつつも、心にぽっかりと穴があいたような寂しさをどうすることもできないアスタリスクだった。

彼がいない、それだけで、こんなに何もかもがつまらなくなってしまうなんて。

いつもと同じ学院生活を送っているのに、アスタリスクはもうこの先何も楽しみがないような気がしていた。

お茶会を開く気にもなれない。

ギャレットがいろいろ構ってくれるから、お茶会の準備も楽しかったのだと今更に思う。

ランドルフが話しかけてくることもあったが、そんな彼の周りにはいつも他の令嬢たちがいて、しかもその令嬢たちが明らかにアスタリスクを警戒している様子も感じられて、もう何もかもが煩わしいと思ってしまう。

だからアスタリスクのほうも礼儀上笑顔で対応はするけれど、特にそれ以上誰とも親しく交流することもなく。

ランドルフさまもギャレットも、モテモテで楽しそうね。

片や公爵令嬢という肩書きのあるアスタリスクには上品におしゃべりする相手はいても、気安く軽口をたたいてくるような生徒はほぼいない。

いやたとえいたとしても……。

そう、ギャレットとだったから、一緒に話したり笑い合ったりしていたのが幸せだったのだと、離れてからさらにしみじみとわかってしまった。

もう彼は、朝の散歩にも顔を出さない。

いつも授業ぎりぎりに駆け込んでくるし、授業に遅刻することもあった。

きっと仕事が忙しいのだろう。

そう思うと、アスタリスクのほうからわざわざ彼を呼ぶこともしたくなかった。

アスタリスクが呼んだら、平民である彼は逆らえないだろうから。

たまに彼がアスタリスクのほうを見ているような気がするときもあるけれど、それはきっと、アスタリスクがそれ以上にギャレットのことを見ているからそう感じるのだろう。

もう今は、こうしてちらりと盗み見ることしかできない。

そしてもうすぐ、それさえも叶わなくなる。

そう思ったら、アスタリスクはとてつもなく悲しくなるのだった。

もうギャレットとアスタリスクの間には思い出しか残っていない。

でも、記憶はいつか薄れるものだ。

いつしかアスタリスクは彼が卒業しても、アスタリスクが彼の前からいなくなってしまっても、できたらアスタリスクのことを忘れないでいてほしいと切に願うようになっていた。

せめて普段は忘れていても、たまには、アスタリスクのことを懐かしく思い出してほしいと思ってしまったのだ。

だからアスタリスクは悩んだ末に、何か記念のものを彼に贈ろうと思い立った。

ギャレットに贈り物をして、ちゃんとお別れを言おう。

卒業をお祝いして。そんな理由だったら、私から贈り物をしてもあまり負担にはならないだろう。

これは私の独りよがりな行為かもしれないけれど。でも、それできちんと彼への気持ちに区切りをつけられるのなら。

そう決意して、ギャレットの卒業を目前にしたある日、思い切ってギャレットに二人きりで会いたいと伝えたのだった。

「おはようございます」

すると次の日の朝、ギャレットはいつもの散歩道に久しぶりに姿を現して、前のように穏やかな微笑みを浮かべてそう言った。

もうこの顔を間近に見るのも、これが最後なのね。

アスタリスクはそう思いながら挨拶を返す。

「おはよう、ギャレット。ごめんなさいね、我が儘を聞いてもらって。迷惑だったわよね」

「いえ、いいんですよ。あなたの願いなら全力で応えましょう。それに、何か俺に用事があったのでしょう？」

「実は、そうなの……。あの、これを、あなたに受け取ってほしくて」

アスタリスクが差し出したのは、一つの指輪だった。

小さな箱に入った、青い青い石の指輪。

金の台座の上の石は大きくて、青い澄んだ色彩が日を浴びてきらきらと踊っているようだ。

「これは、サファイアですか？」

ギャレットがその指輪を、しみじみと眺めた。

「そう。私の……大切にしていた指輪なの。石の色が私の瞳の色と同じなのよ。これを、もしよかったらあなたの卒業のお祝いに、受け取ってもらえないかと思って」

「俺に？　いいのですか？　これ、とても高価なものですよ。それに大切なものなのでしょう？」

「いいの。この指輪は内側に私の名前が彫ってあるのよ。だから将来あなたがどんな姿になっていても、これを持ってくれれば私に会えるわ。だからもしいつか困った事があったら、これを持って私に会いに来て。もちろん普段も会いに来てほしいとは思うけれど、そうもいかないかもしれないでしょう？　でもこの指輪を見たときには思い出してほしいの。私は常にあなたの味方だって」

だから、私のことを忘れないで。

せめてこの指輪を見たときくらいは、私を思い出して。

そんな、密かな願いを込めて。

「……ありがとうございます。俺は、あなたの大切な友人にはなれましたか？」

じっとアスタリスクの目を見つめながら、静かにギャレットが聞いた。

「もちろんよ。あなたは誰よりも大切な……大好きな人よ。それはきっとずっと変わらない」

「……本当に……？」

大好きどころか……いつのまにか、世界で一番愛する人。

狂おしいほどに、大切な人。

「ええ……もっと……ずっとこうして一緒にいたかったくらい、あなたのことが大好きよ……」

「……」

アスタリスクは、指輪を持っているギャレットの手を両手で包んで言った。

今まで言いたくて、でも言えなかった言葉がついこぼれてしまった。

ギャレットは驚いているようだったけれど、でも、今少しだけ本心を伝えられて良かったのかもしれない。

どうせ彼はもうすぐ卒業していく。

指輪を持つ彼の手は片手なのに、アスタリスクが両手でやっと覆えるほどに大きくて。

きっと彼はこれからも、この手で自分の人生を切り開いていくのだろう。

私からは遠いところで。

だから。

さよなら、私の愛しい人。

「今まで本当にありがとう、ギャレット。私の言ったこと、忘れないでね」

ぎゅっとギャレットの手を握りしめながらアスタリスクは言った。万感の想いを込めて。

私のことを忘れないで。

いつも私があなたのことを想っていることを忘れないで。

「……嬉しい言葉をありがとうございます。あなたを忘れるなんて、絶対にありませんよ」

「ギャレット、卒業おめでとう」

涙がこぼれそうになったアスタリスクは急いでそう言うと、ぱっと手を離して後ろを向いた。

忘れないで。

忘れないで。

私のことを忘れないで。

本当は、ずっとずっと一緒にいたかった。

そんな想いがあふれて、とうとう涙がぽろりとこぼれてしまった。

アスタリスクはその涙を見せたくなくて、そのまま急いでその場を去ったのだった。

ギャレットのいない卒業パーティーは、なんてつまらないのかしら。

今年もきらびやかなドレスを着た生徒たちで華やかな会場を眺めながら、アスタリスクは心からそう思っていた。

「ちょっと姉さま、来て早々そんなにため息をつかないでくださいよ。いくらギャレットさんが一緒じゃないからって、人目もあるんですから」

隣でセディユが生意気にも注意をしてくるが、それでも今年の卒業パーティーを、アスタリスクは全く楽しめそうになかった。

形だけ参加して、義理だけ済ませたらさっさと帰ろう。それしか考えられない。

ただ退屈しのぎに会場を見渡していたら、しばらくして今日はなぜかいつもの年よりも落ち着かない雰囲気が漂っていることに気がついた。

よくよく聞き耳をたててみると、

「……おい、第一王子が来るらしいぞ」

「え？　それって奇行で廃嫡の危機とかいう、あの忘れられた王子？」

「だけど去年第二王子があれだったから、最近は第一王子も注目されるようになったんじゃなかったか？」

そんな会話があちこちで囁かれている。

この学院は王立学院なので、卒業式や入学式に王族が列席することは珍しくない。

でも、この内輪の卒業パーティーに？

と少々驚く。

しかも第一王子である。

宰相である父も第二王子派閥を離れたとはいえ、だからといっていまだに第一王子の支持も表明していないのは、ひとえにその奇行と虚言の噂があるからである。

フラットさまは去年の卒業パーティーでやらかしたせいで評判を落とし、その後も反省が見られないことで今の国王の跡継ぎ問題はほぼ白紙と言われている。

片や奇行と虚言の噂のある幻の第一王子、片や去年派手にやらかした後もサボりと文句ばかりで無能と囁かれ始めた第二王子。

どちらを選んでも未来に希望がない気はするが、しかしだからこそ上手く操縦して側近として実権を握るには都合がいいという見方もあり。

それには生意気で文句ばかりの第二王子より、今も表に出てこない第一王子のほうが都合が良いと考える者もいるという。

その第一王子が、来る？

なんだろう、正式に表舞台に出る前の練習かしら？

「花嫁を探しているらしいぞ。父上に妹を着飾らせろって言われた」

「ええ〜〜？　どうしよう、見初められちゃったら〜！」

そんな呑気な憶測まで飛び出して、卒業パーティーは開場早々ざわついているようだ。

まあ、どうでもいいけれど。

去年第二王子であるフラット殿下に派手にフラれたアスタリスクが、いまさら第一王子とどうこうなる可能性はない。

第一王子のお相手ならば、長年第一王子派閥だった貴族から選ばれるものだし。

もし本当に現れたらお顔だけ確認して、あとは会場の隅でのんびりパーティーが終わるのを待つことに変わりない。

ということでアスタリスクはのんびりと弟と一緒に飲み物をいただきながら、会場の隅で退屈な挨拶が始まるのを待っていた。

ギャレットは、今頃はお仕事を頑張っているかしら？

そんなことを考えながらぼんやりする。

なぜかセディユが隣で落ち着かない様子だが。

まさか、進級が危ういんじゃあないでしょうね？　たしか家にはそんな知らせはなかったはずだけれど……。

と、そのとき。

「今日はあの専属執事は連れていないのですか？」

そう声をかけてきたのは、ランドルフだった。

どうやら今は取り巻きの令嬢たちはいないらしい。

もしかしたら、噂の第一王子にとられちゃったのかしら？

「そうですわね。ごきげんよう、ランドルフさま。楽しんでいらっしゃる？」

そういえばすっかり忘れていたけれど、私、このままだとこの人と結婚することになるのかしら。

礼儀上にこやかにそう返しながら、アスタリスクはそんなことをぼんやり考えた。

ギャレットとは違って、身分的にも申し分のない好青年。いつも礼儀正しく、女性の扱いも丁寧で、しかもなかなか精悍な顔つきのスポーツマンとなれば、それはモテるだろうと納得の人。

この人を好きになれたらよかったのに。

作った笑顔の裏で、ついそんなことばかり考えてしまう。

しかしそんなアスタリスクに、ランドルフは少し緊張気味に言った。

「それはあなた次第かもしれません。もしよろしければ今日最後のワルツのお相手を、僕に務めさせていただきたいのですが」

パーティーの締めくくりのワルツは、一番重要視されているダンスだった。

たいていの貴族はもう学院を卒業する頃には婚約者が決まっているので、その相手と踊ることが通例となっている。

一番大切な人と一番最後のダンスを踊るという、ある意味卒業パーティー最大の晴れの舞台である。

もちろんアスタリスクは密かにギャレットと踊りたいと思っていたのだけれど、その夢はもう叶わない。

だから、別にもう踊らなくてもいいかと思っていたのだが。

ならばまだ正式に婚約はしていないけれど、他に結婚の話もないアスタリスクは彼と踊ってもいいのかもしれない。せっかくこうして申し込んでくれたのだし。

そう思って、

「まあ、ありがとうござい――」

承諾しようとしたとき。

「ランドルフさま申し訳ありません！　姉の相手はもう決まっておりますので！」

そこに突然、セディユが割り込んだのだった。

きょとんとするアスタリスク。

はて、さっぱり覚えがない。

誰ともそんな約束なんてしていないはずだけれど。

しかしセディユがきっぱりと断ってしまったせいで、ランドルフはちょっと驚いたあと、「それは残念です」と言って去って行ってしまった。

「セディユ、なんであなたが勝手に断わるのよ。せっかく誘ってくださったのに失礼じゃ――」

そう文句を言おうとしたちょうどそのとき、会場がにわかにざわついたので、どうやら会場の奥にある舞台に学院長が登場したようだった。

会場中が一斉に前方に注目する。あまりに人が多いので端にいるアスタリスクのほうからはよく見えなかったが、なんだかいつもより前のほうがざわついている気がする。

学院長が挨拶を始めたようだ。周りがうるさいので、精一杯大声を出している。

「あー！　静粛に！　あー、本日は大変光栄なことに、この学院の卒業パーティーに第一王子サーカム殿下をお迎えすることができました！　あー！　みなさん！　殿下の御前です！　学生のみなさんは失礼のないように、常に紳士、淑女でなければなりません！　今日の卒業パーティーは決して身内だけのものではないのです。将来の紳士、淑女として恥ずかしくない振る舞いを私は望んでいます！」

この学院は八年制なので、まだ子供といえる年齢の子もいる。王族をお迎えして、学院長はきっと内心ハラハラしているだろう。

貴族だろうとやんちゃな子はいるものだ。

「それではサーカム殿下、お言葉をいただきたく存じます！　あー！　生徒のみなさんは！　静粛に！」

学院長が必死に場を落ち着かせようとしているのが伝わってきたが、それでも前方はざわざわと騒がしいままだった。

なんだろう?

第一王子という人は、よほど奇天烈《きてれつ》な見た目でもしているのだろうか。それとも噂の奇行だろうか?

ちょっと興味が湧いて目を凝らしてみたが、さすがに会場の端からでは人混み以外の何も見えなかった。

さらに声も、どうやら第一王子が挨拶を始めたようだけれど遠すぎる上に周りがさらに盛り上がって騒がしいのでよく聞こえない。

王族が喋っているというのに、何をあんなに混乱しているのだろう。これは今頃は学院長が頭を抱えているかもしれない。

そんなことを考えながらもぼんやりしていたら、先ほどのランドルフがまたやって来て言った。

「アスタリスクさま、僕は何人もの人に確認したのですが、今日のあなたのワルツのお相手が誰なのかがさっぱりわかりません。お相手がどなたなのか、今僕に教えてはいただけないでしょうか。僕はあなたとぜひワルツを踊りたいのです。そしてお伝えしたいことがあります。もしお相手を教えていただけたなら、僕はその人に権利を譲ってもらえるようにお願いしようと思っています」

と、なぜだか妙に熱心に言われたのだった。

はて。なぜそこまでワルツに固執するのか。

いくら政略結婚の相手になるかもしれないとは言っても、今からそんなに義理立てすることもないのに。

もしかして、形式を重んじる人なのかしら？

別にワルツくらい踊ってもいいのだが。

しかしどうも困ったことに、今も隣でセディユが目でなにやら必死に訴えてくる。とにかくアスタリスクにワルツを踊らせたくないらしい。

仕方ないので、

「まあ、お申し出ありがとうございます。でもワルツはパーティーの締めくくりの大切な曲。ランドルフさまの大切な方と踊ってくださいませ。ワルツ以外にも曲はありますわ。わたくし他の曲でも喜んでお相手を務めさせていただきます」

だから他の曲で許してね。と言ったつもりが。

「いえ、私はぜひ最後のワルツをお願いしたいのです」

と、なぜか熱心に言って引かないランドルフ。

「ランドルフどの！」

そしてとうとう、またセディユが割り込んだのだった。

なんだろう、実はセディユはランドルフさまが嫌いなのかしら？

しかし今回はランドルフも譲らないつもりのようだ。

「ならば今ここでアスタリスクさまのお相手を教えてくださない。相手の方に了承をいただきに行きます。それならば問題はないはずです」

「了承は！　得られません！　姉の！　ワルツのお相手は！　決まっております!!」

なぜか必要以上に大声を出すセディユ。

先ほど学院長が紳士であれと言ったはずなのに、公爵家嫡男がその言いつけを率先して破るのはいかがなものかと思ったアスタリスクだった。

「ならば！　教えてください！　それは誰ですか！」

セディユの大声に対抗するように、やはり声を張るランドルフ。

……学院長が卒倒していないといいのだけれど。

と、そのとき。

「ランドルフ、抜け駆けはよくないな。コンウィ公爵令嬢から離れたまえ。君はいつも少々距離が近い」

それは、ギャレットの声だった。

同時にざっと人が割れて、その中央をギャレットが悠々とした足取りで進んでくる。

その姿を見た瞬間、アスタリスクはおおよそのことを悟ったのだった。

ギャレットがアスタリスクの前に来たとき、アスタリスクは言った。

「……お父上のお仕事というのは終わったのですか？　ええと、サーカム殿下？」

「今まさに、仕事の最中だな。それを中断させたのはあなただ」

「あらわたくし、何もしていませんわ。ただここに立っていただけ」

「そしてランドルフにしつこくされていた？」

「最後のワルツに誘われていただけですわ。セディユに邪魔されましたけれど」

「ふむ、なるほど。あなたはよい弟君をお持ちのようだ。セディユ、姉上の見張りご苦労だった。よくやってくれたね」

「はい。お褒めいただき光栄です……」

なんだかセディユが、まるでやっと肩の荷を下ろせたみたいな顔をして答えていたのだが。

「……どういうことです？」

そんなセディユの様子に違和感を覚えてアスタリスクが聞いた。

「実は、彼には休日のあなたの見張りを頼んでいたんですよ。なにしろ私は仕事が忙しかったから、普段は自分で追い払えても週末は君に惹かれてくるよからぬ虫たちを追い払うことができなかったのでね」

「虫……？　え、セディユ……？」

「……だって姉さま、僕に拒否権なんてなかったんですよ。殿下と父さまの二人からやれと指示されてしまったら、もう僕は従うしかないじゃあないですか……」

なんだか遠い目をしながらそう言う弟を見て、アスタリスクは彼の立場を理解したのだった。

なるほど、たしかに王子から直接頼みという名の命令をされたら、それがたとえどんな無茶苦茶なものだろうと臣下であるセディユは断れなかっただろう。そして、宰相である父さまもがそれを後押ししていたと……？

「じゃああなた、この前のテストは大丈夫だったのね？」

「もちろんです。去年よりさらに成績は上がっているはずですよ」

「いつから……」

「……ギャレットさんの学院中退を引き留めようと、父さまに相談したときです。そうしたら父さまが、じゃあお前が殿下をサポートしろと」

「そういえば言っていたわね……」

まさかあれが、そんな話だったとは。

「今年の一年、俺があなたと一緒に学院生活をなんとか送ることができたのは、彼の助力のおかげです。しかしもう、限界でした。あなたは自分の魅力に無自覚すぎる。他の男があなたを狙っているというのに、これ以上ただ横で指を咥えて眺めていることはできなかった」

そう言ってちらりとランドルフを睨むその目には、ちょっとアスタリスクにも見覚えがあり。

でもアスタリスクはいかにも驚いたという顔をして言った。

「まあ、まさかそんなはずは。現にわたくし、今日のワルツの相手も決まっておりませんのに」

「それではぜひそのお相手を、私に務めさせていただきたいのですが」

「まあ、よろしくてよ。光栄ですわ、ギャ……えーと、サーカム殿下」

「あなたならサーカムでもギャレットでも、どちらでもお好きなほうで呼んでくださっていいですよ。どちらも私の名前です。私には名前が他に九つもある。どれでもあなたのお好きな名前で呼んでください」

そう言って微笑む顔はいつものギャレットで。

「ではサーカム殿下、ワルツの時間を楽しみにしておりますわね。ところで殿下、実はわたくしの『専属執事』が突然いなくなってしまいましたの。とっても気に入っていたのに、残念ですわ」

アスタリスクはギャレット、いやサーカム第一王子をちょっと睨みながら恨み言を言った。

今この瞬間、あのいつも私に付き従っていたギャレットはいなくなってしまった。

まさかお別れも言えないまま、別人になってしまうなんて。

しかし目の前の男は、そんなアスタリスクの言葉を聞いて嬉しそうに笑って言った。

「ならばこの先は、私があなたの『専属執事』になりましょう。ずっと一生、死が二人を分かつその日まで。なぜなら私は今日、あなたを攫うためにここに来たのですから」

「まあわたくし、攫われてしまうのですか？　こんなに大勢の人の前で？」

「そうです。去年、あなたはここでフラットに悲しい思いをさせられた。だから同じ日の今日ここで、俺が本来の立場である第一王子に戻って、正式にあなたを攫います。アスタリスク・コンウィ公爵令嬢、私はあなたを心から愛しています。だから私と結婚してほしい。フラットではなく、この私と」

そう言ってギャレット、いやサーカム第一王子はその場で跪いてアスタリスクに手を差し出した。

「まあ殿下、こんな悪評のあるわたくしでいいのですか？　でも、もちろんあなたは全部ご存じね。それでもあなたがいいとおっしゃるのなら、ええ……喜んで」

そうしてアスタリスクは差し出された王子の手を取ったのだった。

その後、豪華な王子としての衣装をまとったサーカム第一王子殿下は来賓としての義務をさっさと片付けると、その後は今までとなんら変わらない態度でアスタリスクの近くに居座り続け、慣れた様子で相変わらずの「専属執事」ぶりを発揮したのだった。

唯一違うのは、今まではアスタリスクに話しかける男子生徒にも丁寧な態度で追い払っていた彼が、今や無言で睨みつけて追い払っていることくらいで。

これではあまり今までと変わらないのでは……？

しかしこのあまりにも見慣れた二人の様子に周りの人たちの視線も実に生温かいのだった。

パーティーの最後でワルツを踊りながら、そろそろ呆れたアスタリスクは言った。

「王子なのに、ずっとこんな執事のようなことをしていていいのかしら」

しかし王子は涼しい顔で答える。

「最初はあのランドルフみたいなやつを君に寄せ付けないために始めたんだが、いざやってみたら気に入ってしまってね。でもすでに奇行の王子と言われているし、これでもむしろまともになったと思われているかもしれないよ」

「何が奇行なの。あなた、とてもまともじゃないの」

「俺には前世の記憶があるからね。幼い頃はよく前世の話をしたり再現しようとしたりしていろいろやっていたんですよ。そうしたら頭がおかしいと思われた」

「それは……ちょっと周りの人の気持ちもわかるわね」

アスタリスクは初めてギャレットに会ったときのことを思い出して言った。

「それにどうせ俺が何もしなかったら、俺はこの学院に入学するずっと前にフラットを支持する派閥の手で暗殺されていたはずだったんですよ。だからこっそり父にお願いして、王宮から離れて身を隠すことにしたんです。それに俺は前世から好きだった悪役令嬢の君のことも絶対に救おうと決めていたから、そのためにブレイス商会を選んで身を潜め、年齢を偽ってあなたの学年に入学した」

「……前世、から……？」

「そう、前世から。俺は、まだ若いのにいつも最後まで美しく誇り高いあなたが前世のときから大好きだったんです。そして実際に入学しあなたを間近で見るようになって、ますますあなたのことが好きになった。だからあなたを救うだけでなく、こうして手に入れたいと、いつしか心から願うようになったのです」

間に合ってよかった、そう言って笑うと、サーカム・ギャレット第一王子はワルツの最後を熱い口づけで締めたのだった。

あとがき

この度は拙著をお手にとっていただき、誠にありがとうございます。

このお話は、元々は『悪役令嬢の断罪　～そんなに追放だと仰るのなら、証拠を出していただけます？～』というタイトルの短編としてＷｅｂで投稿したお話が元になっています。

ただその時短編として投稿はしましたが、実はそれも元々は前に長編候補としていくつか書き出したお話の内の一つが元になっていて（元の元笑）、その時はギャレット（当時まだ名無し）が「君は悪役令嬢だ」ばばーん、と登場したあたりで他のお話に浮気していたのでした。

でもその時にはヒロインやヒーローの身分や性格、関係などの設定はだいたい決まっていて記憶にずっと残っており、そのためか何か短編を書こうと思い立った時に真っ先に思い出したのがこのお話でした。

それでまあ短編だし、とにかく書いてみるかと試しに書き初めてみたのです。

すると不思議なことに今回は前に止まったところでも止まらずにするすると書けて、当初考えていた文字数を大幅にオーバーしながらもあっさりと短編は完成し、そして改めて見返すと書く前よりもずっとずっと大好きなお話になっていました。

好きすぎて読み返しまくり、その度に誤字を見つけて修正するというループにおちいるほどで。ただ当時はその短編がありがたくもランキングを駆け上がり、初めての総合一位をいただいて嬉しかった反面、心のどこかでは短編にしてしまったせいでヒロインのスキルとか鳥たちとか二人のやきもき学生生活とか、そこら辺が全く出せなかったのを密かに残念に思っていたのも事実でした。ですのでこのお話の長編化のお話をいただいた時はとても嬉しかったです。

最初に長編化にあたって考えたのは私のお気に入りのサブキャラについてでした。それは、セディユとランドルフです。どちらも短編を書いているときに突然出てきたキャラなのですが、ふと思い浮かんだ次の瞬間には当たり前のような顔をしてお話に登場し、そして勝手に動き回ってはあれこれと活躍してくれるものだから、書いているうちにすっかり楽しくなってお気に入りになりました。

セディユ……君はなんて苦労がとても良く似合うんだ。君が登場した瞬間にはもう、いつか父の後を継いで無事に宰相になった後も、仕える王に延々振り回されては半泣きで文句を言い続け、それでも優秀なせいで手放してももらえず、ずっと永遠にこき使われる未来が私には見えたよ。

そしてランドルフ……君もなんて素晴らしい人材なんだ。欠点のない完璧に理想的な男なのになぜか好きな人にだけは振り向いて貰えないなんて。振り向いて貰えないどころか気がついてももらえないなんて、ほんとなんてかわいそうに。ほんとなんて完璧な「いい人」なんだ君は。

氷堂先生の挿絵のランドルフを見た時にはあまりに素敵で、もう私の理想の男すぎて目眩がしました。なんて素晴らしい。いつか君も幸せにしてあげ……られるといいな？

この二人が長編化のおかげで登場場面が増えて、それぞれ活躍できるようになったのがとても嬉しいです。いやあほんと書きやすいのなんのって。どんどん追い詰――活躍させたくて頑張りました！

さて、いつもは名付けに苦労する私なのですが、なんと今回はヒロインのアスタリスクという名前はお話を書く前に決まっていました。なんだか「＊」の名前がかわいいなと思ったのが最初です。なのでこの話は「アスタリスク・コンウィ」という名前ありきで始まりました。コンウィ、も何故か気に入ってしまって。

ただ名前はヒロインしか決まっていなかったので、さあいざ短編にしようとしたときにまたキャラの名付けができない病が発病しまして。でも短編だしそこまで労力をかけるのも、と安易に手を出したのが何の辞典かは、わかる人にはわかると思います……はい、だいたいそこからとりました……。

なのでこのお話、名前に関してはヒロインだけが仲間はずれなのですが、そこにたいした理由はありません。ただ、今の私の密かな野望としてこのお話を読んでくださった方の誰か一人くらいは「＊」を見る度にこのお話を思い出してくれる呪いにかか……はい、すみません……迷惑ですね……。

という冗談はさておき、そんなこのなかなか素直になれない恋する公爵令嬢アスタリスクのお話を、少しでもお楽しみいただけたらいいなと切に願っております。

本作の刊行にあたりご尽力をいただいた、全ての方に心からの感謝と御礼を申し上げます。

そしてこの作品を読んでくださった全ての方に、心からの感謝を。

吉高　花

ダッシュエックスノベルfの既刊

Dash X Novel F 's Previous Publication

『未プレイの乙女ゲームに転生した平凡令嬢は聖なる刺繍の糸を刺す』

西根 羽南

イラスト／小田 すずか

刺繍好きの平凡令嬢×美しすぎる鈍感王子の焦れ焦れラブファンタジー、開幕!!

転生先は——未プレイの乙女ゲーム!?平凡な子爵令嬢エルナは、学園の入学式で乙女ゲーム「虹色パラダイス」の世界に転生したと気付く。だが「虹パラ」をプレイしたことがないエルナの持つ情報は、パッケージイラストと友人の感想のみ。地味で平穏に暮らしたいのに、現実はままならない。ヒロインらしき美少女と親友になり、メイン攻略対象らしき美貌の王子に「名前を呼んでほしい」と追いかけられ、周囲の嫉妬をかわす日々。果てはエルナが刺繍したハンカチを巡って、誘拐騒動に巻き込まれ!?

ダッシュエックスノベルfの既刊

Dash X Novel F 's Previous Publication

『時計台の大聖女は婚約破棄に歓喜する 1』

糸加

イラスト／御子柴リョウ

卒業パーティで王太子デレックから、突然婚約破棄を告げられたヴェロニカは、心の底から歓喜した。


「ヴェロニカ・ハーニッシュ！私はお前との婚約を破棄し、フローラ・ハスとの新たな婚約を宣言する！」「いいのね!?」「え？」「本当にいいのね！」

デレックは知らなかったのだ。ヴェロニカが本当の大聖女であること、フローラが大聖女を詐称していること。そして、自らの資質が試されていたことを。明かされる真実。幼馴染の第二王子から告げられる恋心。「ヴェロニカ、僕と婚約してくれませんか？」

大時計台を司る大聖女が崇められる世界の恋物語。運命の新たな歯車が回り出す——！

ダッシュエックスノベルfの既刊

Dash X Novel F 's Previous Publication

『魔力量歴代最強な転生聖女さまの学園生活は波乱に満ち溢れているようです ～王子さまに悪役令嬢とヒロインぽい子たちがいるけれど、ここは乙女ゲー世界ですか？～』

行雲 流水

イラスト／桜 イオン

魔力量歴代最強な転生聖女が送る
トラブルだらけの乙女ゲー異世界学園生活！

乙女ゲームのような世界に“転生者”が二人いる!?幼なじみ達と平和に暮らしたいナイにとっては、もう一人の転生者が大迷惑で!?転生して孤児となり、崖っぷちの中で生きてきた少女・ナイ。ある日、彼女は聖女に選ばれ、二度目の人生が一変することになる。後ろ盾となった公爵の計らいで、貴族の子女が多く通う王立学院の入試を受け、見事合格したナイは、何故か普通科ではなく、特進科に進むことに！そのクラスにいるのは、王子さまに公爵令嬢、近衛騎士団長の息子など高位貴族の子女ばかりで…！ここは乙女ゲームの世界ですか!?と困惑するナイだが、もう一人の特進科に入った平民の少女が、王子たちを「攻略」し始めて…!?婚約者のいる貴族との許されざる恋にクラスは徐々に修羅場と化し…!?

ダッシュエックスノベルfの既刊

Dash X Novel F 's Previous Publication

『したたか令嬢は溺愛される～論破しますが、こんな私でも良いですか？～』

沢野いずみ

イラスト／TCB

論破するしたたか令嬢×一途なイケメン公子の溺愛ストーリー、ここに開幕！


「お前との婚約を破棄する！」

婚約破棄を告げられた公爵令嬢アンジェリカ。理由は婚約者オーガストの恋人、ベラを虐めたからだという。だが、アンジェリカはベラのことを知らなかった。元々、王命で仕方なくした婚約。婚約破棄は大歓迎だが、濡れ衣を着せられてだなんてありえない！濡れ衣を晴らすため隣国の公子リュスカと共に調査を始めるが、同時に甘々なリュスカに翻弄されていく。

「惚れた女を助けるのは当然だろう？」

二人は力を合わせてベラを追い詰めていく。しかし、ベラには秘密があって――？

Dノベルf

予言された悪役令嬢は小鳥と謳う
～未来を知る専属執事に「君を救う」と言われました～

吉高 花

2023年6月10日　第1刷発行

★定価はカバーに表示してあります

発行者　瓶子吉久
発行所　株式会社　集英社
〒101－8050　東京都千代田区一ツ橋2－5－10
03(3230)6229(編集)
03(3230)6393(販売／書店専用)　03(3230)6080(読者係)
印刷所　大日本印刷株式会社
編集協力　株式会社MARCOT／株式会社シュガーフォックス

ISBN978-4-08-632009-2　C0093

作品のご感想、ファンレターをお待ちしております。

あて先

〒101－8050　東京都千代田区一ツ橋2－5－10
集英社ダッシュエックスノベルf編集部　気付
吉高 花先生／氷堂れん先生